LE MASQUE
Collection de romans d'aventures
créée et dirigée par
ALBERT PIGASSE

SAINTE CRAPULE

A Jean PATUREL pour marquer une déja vieille amitié.
C.E.

EXBRAYAT

SAINTE CRAPULE

PARIS
LIBRAIRIE DES CHAMPS-ÉLYSÉES

CHAPITRE PREMIER

I

Comme tous les samedis ou presque, les ménagères de Rip Lane (une impasse assez sordide du côté de Billingsgate, le grand marché aux poissons de Londres) ne s'émurent pas en entendant les hurlements qui leur arrivaient de chez les Loughrea, ces damnés papistes d'Irlandais. Elles y étaient habituées. Par acquit de conscience, toutefois, elles prêtèrent l'oreille pour apprécier, en connaisseurs, le volume du vacarme et savourer, par contraste, le calme régnant dans leur propre intérieur. Il est vrai que cette quiétude était le plus souvent due au fait que le samedi soir, l'époux, qu'il fût irlandais, gallois, écossais ou anglais, ayant bu une partie de sa paie, ronflait sur son lit, tout habillé. La plupart des épouses de Rip Lane se demandaient pourquoi elles avaient épousé l'individu dont les borborygmes leur parvenaient de la chambre à coucher. Mais c'était-là le genre de question auquel nulle femme n'a jamais pu répondre depuis l'aube du monde, parce qu'il lui faudrait admettre qu'elle avait été roulée ou qu'elle s'était conduite de la façon la plus idiote qui se puisse imaginer. Or, quand tout fiche le camp, c'est l'amour-propre qui s'agrippe le plus longtemps.

En général, les policemen soucieux de leur santé, ne s'aventuraient guère dans Rip Lane où logeaient trop d'Irlandais pour leur goût. Ils n'ignoraient pas que, toute intrusion dans la vie privée, fût-ce afin de tenter d'y ramener un ordre décent, serait payée d'une quantité de morceaux de sparadrap sur leur visage tuméfié, voire de quelques jours d'hôpital. Justement, le « bobby » Herbert Stornoway dont le casque reposait sur des cheveux gris, passait à l'entrée de Rip Lane. Il s'arrêta un instant pour juger de l'intensité du tumulte dont les éclats emplissaient l'impasse. Il savait qu'il s'agissait des Loughrea en train de régler un différend familial à coups de poings, de pied, avec accompagnement d'injures, de malédictions et d'invocations de l'Éternel. A deux ans de sa retraite, Stornoway ne tenait pas à se faire estropier. Il secoua la tête, haussa les épaules et reprit sa ronde en se demandant pourquoi le Seigneur avait jugé nécessaire de créer les Irlandais.

Pourtant, tout avait bien commencé, ce soir-là, chez les Loughrea. Maureen, la fille de la maison, une brunette aux yeux bleus qui venait de fêter ses vingt-trois ans, était arrivée la première et sa mère, Molly

— une femme maigre dont le visage, malgré les atteintes de l'âge et un travail de bête de somme, montrait encore parfois les restes d'une beauté célèbre jadis, dans le comté de Galway — lui avait préparé la rudimentaire salle de bains, les hommes devant aller se nettoyer aux douches publiques avant de regagner la maison. Molly était très fière de sa fille qui travaillait, ainsi que presque tous les gens du quartier, à Billingsgate. Maureen y prenait place dans une petite cage de verre et les acheteurs lui remettaient des bons de commande qu'elle notait avant de les estampiller. Molly souhaitait que son enfant ne connût pas le calvaire qu'elle endurait depuis trente ans, c'est-à-dire depuis le jour maudit où elle avait accepté d'épouser Shan Loughrea, le plus beau garçon de Cashel et le plus batailleur aussi. Non pas que Shan fût foncièrement méchant ou qu'il ne lui laissât pas la direction de la maison, mais il buvait et dès qu'il était ivre, il se battait avec n'importe qui, à propos de n'importe quoi, en dépit de ses cinquante-cinq ans. Du moment où elle eut dit oui devant le maire et le curé, Molly vécut dans l'odeur des liniments, des pommades, des cicatrices de toutes sortes et au lieu de manier des aiguilles à tricoter (distraction inépuisable de ses contemporaines), elle ne s'était pas arrêtée de couper des bandes de pansements et des rouleaux de sparadrap. A cinquante-deux ans, Mrs Loughrea pouvait se dire fatiguée et déçue, car ses trois fils, Patrick, Seamus et Eamun, suivaient religieusement les traces de leur père. Tous quatre gagnaient leur vie à Billingsgate, où ils portaient les caisses de poissons sur leurs chapeaux de cuir bouilli. Shan était même le responsable des Irlandais travaillant au Marché. Tous quatre sentaient le poisson et Molly avait pris ces animaux, morts ou vivants, en horreur.

Maureen sortit de la salle de bains avant l'arrivée des hommes de la famille. Fraîche et pimpante dans sa légère robe rose, elle incarnait la joie de vivre et n'avait rien — du moins extérieurement — de la traditionnelle mélancolie irlandaise. Elle aida sa mère à mettre le couvert et lorsque les mâles de la tribu entrèrent, ils allèrent, à tour de rôle, se montrer à Molly qui regardait derrière les oreilles et dans le cou pour constater si oui ou non ses hommes s'étaient frottés consciencieusement et n'avaient pas dépensé en pure perte les quelques shillings que le gouvernement réclamait aux citoyens pour avoir le droit de se laver. Shan Loughrea ouvrait la marche. Un gaillard de près de six pieds de haut et que ses muscles des bras et des avant-bras faisaient paraître boudiné dans son veston à carreaux. Derrière, suivait le fils aîné, Patrick, qui à vingt-neuf ans, s'affirmait la vivante réplique de son père. Aussi fort que l'auteur de ses jours dont il avait les cheveux noirs et les yeux clairs, il mesurait six pieds deux pouces. Son cadet, Seamus, un peu plus petit (guère plus de cinq pieds huit pouces) tenait aussi de son papa. Enfin, le dernier, Eamun, en dépit de ses six pieds un pouce, ressemblait à sa mère.

Il était le moins batailleur de tous et Shan le traitait souvent de poule mouillée tant il répugnait à cogner sur ceux qui n'avaient pas l'honneur et le plaisir d'être nés en Irlande.

Pour nourrir une pareille maisonnée, il fallait des plats plus solides que raffinés et le fameux ragoût national, l'irish stew, revenait presque quotidiennement au menu, Mrs Loughrea refusant de cuire le moindre morceau de poisson. La lampe de suspension éclairait la famille en train de se restaurer et Molly ne pouvait se défendre d'un certain sentiment d'orgueil en contemplant les beaux enfants qu'elle avait mis au monde et qui lui faisaient un peu peur, sauf sa chère Maureen, la seule qui se souciât vraiment de sa mère avec Eamun, parfois.

Au dessert, Mrs Loughrea s'en fut chercher une boîte en fer ayant contenu des biscuits, la posa sur la table et l'ouvrit. A voir la mine des autres, on devinait que ce qui allait se passer n'était pas tellement de leur goût. La voix sèche de la maman les rappela à l'ordre :

— Alors, Shan?

Avec un soupir qui trahissait à merveille son manque d'enthousiasme, Loughrea sortit sa paie de sa poche avec le bulletin en indiquant le montant. Molly vérifia avec soin si les sommes correspondaient, puis elle consulta un carnet et annonça :

— Shan, je suis obligée de prélever huit shillings sur votre paie pour frais pharmaceutiques. Il vous reste donc une livre. Faites en sorte qu'elle vous dure longtemps. Patrick?

Les uns après les autres, les garçons remirent leur gain à la maman qui retint quelques shillings à chacun. Toutefois, la modicité de l'amende infligée à ses fils suscita les protestations de Shan.

— Je ne vois vraiment pas, Molly, pour quelles raisons c'est à moi que vous prenez le plus d'argent?

— Vous êtes le père, Shan, et vous vous devez de donner l'exemple à vos fils.

Sur ce, Mrs Loughrea referma sa boîte, la glissa sous le bras et se leva. A cet instant, Patrick dit :

— Pourquoi ne réclamez-vous pas l'argent de Maureen, mère? Pourquoi serions-nous dans l'obligation de la nourrir?

— Parce que vous êtes ses frères, Pat et parce que votre sœur doit constituer son trousseau.

Pat ricanna :

— En attendant un hypothétique prétendant!

Seamus renchérit :

— Notre famille ne jouit pas d'une si flatteuse réputation pour qu'un gars, à moins d'être complètement siphonné, aspire à y entrer!

Maureen n'avait pas meilleur caractère que ses frères et elle ne laissa à personne le soin de prendre sa défense.

— Si notre famille n'a pas une bonne réputation, Seamus, ce n'est sûrement pas de ma faute! Quant à vous, Patrick, je peux vous annoncer que ce prétendant auquel vous refusez de croire ne tardera pas à se manifester officiellement.

Le frère aîné haussa les épaules, histoire de faire enrager sa sœur.

— On dit ça!

— Je le dis car c'est vrai!

Perfide, Eamun insinua :

— Vous seriez incapable de nous donner le nom de votre sweethart. Seulement, comme toutes les filles un peu laissées pour compte, vous vous montez le bourrichon.

Molly se porta à l'aide de son enfant.

— Vous devriez avoir honte de taquiner votre sœur! Bien sûr, les affaires de cœur ne vous intéressent pas! vous ne songez qu'à boire et à vous battre! Vous croyez que c'est de cette façon qu'on rencontre celle avec qui on pourra fonder un foyer?

Patrick remarqua :

— Il semble pas, mummy, que la méthode de Maureen vaille beaucoup mieux, hé?

Hors d'elle, la jeune fille ne prit pas garde à ce qu'elle racontait et cria :

— Vous serez convaincus du contraire, vous Pat et vous Eamun, lorsque Andrew viendra demander ma main à Dad et à Mummy!

Ce fut à ce moment-là que tout se déclencha. D'abord, après l'annonce de Maureen, il y eut un silence gêné, puis Shan s'enquit d'un ton paisible :

— Qui est cet Andrew, petite ?

Maureen s'en voulait de son inconséquence, mais il était trop tard pour reculer. Patrick interpella son cadet :

— Seamus, vous connaissez un Andrew, vous ?

— Non. D'ailleurs, aucun Irlandais ne porterait ce prénom.

Molly prit la main de sa fille.

— C'est sérieux ?

— Oh ! oui, mummy... Nous nous aimons et nous voulons nous marier le plus vite possible.

— Pourquoi ne nous avez-vous pas avertis ?

Shan renchérit :

— Votre mère a raison, Maureen, pourquoi ne nous avez-vous pas présenté ce garçon ? Auriez-vous honte de vos parents ?

— Ce n'est pas ça... mais...

— Mais ?

Elle avoua :

— Il n'est pas du vieux pays.

Shan gémit à l'adresse de sa femme :

— Vous voyez à quoi ça sert, Molly, d'élever les enfants dans le respect de la tradition ?

— Taisez-vous, Shan ! S'il y a quelqu'un, ici, qui n'a pas le droit de se plaindre de l'éducation de ses enfants, c'est bien vous ! Quel modèle avez-vous été pour eux ?

Loughrea piqua le nez dans son assiette et ne répondit pas, tandis qu'Eamun questionnait :

— Il est anglais, votre Roméo, sœurette?

Maureen secoua la tête. Eamun poursuivit:

— Gallois?

Et comme la jeune fille faisait un nouveau signe de dénégation, Patrick demanda à voix basse :

— Ce n'est quand même pas un Écossais?

— Tout juste!

Shan se leva avec lenteur et, solennel :

— Vous n'oseriez pas nous dire qu'il s'agit d'Andrew Dyce?

— J'y suis bien obligée, daddy!

Molly pensa que si elle devait, un jour, assister à la fin du monde, elle était sûre qu'il se produirait, pendant un laps de temps infiniment court, un silence de la qualité de celui qui suivit la réponse de sa fille. Un silence où vibreraient encore les ultimes échos d'une paix achevant de mourir, les derniers soubresauts d'un monde voué à l'anéantissement. Tous les membres de la famille Loughrea semblaient pétrifiés. Pour comprendre le pourquoi de cette espèce de vertige qui devait les empoigner, il faut savoir que Gregor Dyce, le maudit Écossais, était le rival direct de Shan à Billingsgate et que seule son autorité pouvait contrebalancer celle de l'Irlandais. Les deux hommes se haïssaient farouchement et ne tombaient d'accord que sur un point : l'un des deux était de trop sur cette terre, mais leurs opinions divergeaient quand on poussait le problème un peu plus loin, chacun estimant que c'était l'autre qui devait disparaître. Shan en voulait à Gregor qui l'empêchait de régner totalement sur le petit monde du marché aux poissons et l'Écossais jalousait l'Irlandais à qui le Ciel avait envoyé trois fils et une fille alors qu'il n'avait, lui, qu'un fils et trois filles.

Le premier, Shan reprit ses esprits et retrouva le sens de la situation.

— Maureen, je vais vous parler raisonnablement et j'espère que, de votre côté, vous vous montrerez raisonnable : ou vous renoncez à votre canaille d'Écossais ou je vous estropie pour le reste de vos jours. Choisissez!

Mrs Loughrea se mit entre son mari et sa fille et, brandissant le tisonnier, son arme offensive et défensive, elle annonça, sans élever la voix :

— Touchez à mon enfant, Shan Loughrea et je vous fends le crâne.

— Molly, ma femme, je vous respecte, mais pas au point de me laisser déshonorer pour le seul plaisir de vous plaire! Retirez-vous ou vous allez écoper!

Eamun protesta :

— Si vous touchez mummy, père, je vous tombe dessus!

Ce sournois de Seamus, vu son manque de volume par rapport à ses frères, agissait toujours par surprise.

Il flanqua un magnifique crochet du gauche à Eamun qui en tomba sur le derrière. Patrick partageait l'opinion de Shan quant à la trahison féminine, mais il n'admettait pas la perfidie constante de son cadet et l'attrapant par le col de sa veste, il l'obligea à se retourner juste ce qu'il fallait pour lui coller son poing sur le nez et l'envoyer rejoindre Eamun sur le parquet. Le père ne pouvait pas ne pas se porter au secours de celui dont le geste vengeur, l'avait officiellement déclaré son allié, et il se mit à boxer son aîné qui lui répondit avec entrain. Molly prit Maureen par la main et l'entraîna dans sa chambre à coucher dont elle referma soigneusement la porte, selon un rite habituel.

— Attendons qu'ils en aient terminé.

Et les deux femmes se mirent à parler chiffon tandis que de l'autre côté de la cloison retentissait un tintamarre de tous les diables où injures, cris de douleur, imprécations, débris de vaiselle, chute des corps composaient une étonnante symphonie. Enfin, au bout d'une vingtaine de minutes, le silence s'imposa peu à peu et quand elle fut certaine qu'il était bien établi, Mrs Loughrea remorquant sa fille, réintégra la salle commune. Ils étaient par terre et tournèrent vers les deux femmes des visages tuméfiés. Loin de se laisser attendrir, Molly ordonna :

— Debout! vous n'avez pas honte de vous traîner sur le plancher comme des gosses?

Ils se relevèrent en s'appuyant les uns sur les autres.

— Pourquoi vous êtes-vous battus?

Ils se regardèrent interrogativement et, secouant la tête, admirent qu'ils ne voyaient pas du tout pour quelles raisons ils s'étaient cognés dessus. Shan rappela que sa fille s'était conduite de manière éhontée et que tous les quatre, ils se trouvaient d'accord sur ce point.

— Si vous êtes tous d'accord, Shan, pourquoi donc vous êtes-vous battus?

Loughrea convint qu'il y avait-là quelque chose qui lui échappait. Sa femme profita de l'avantage de la situation et ordonna :

— Asseyez-vous!

Ils obéirent et ayant placé des chaises sur un rang, ils y prirent place, Shan le premier, Eamun le dernier parce que, même dans les moments de grand désarroi, on observait les impératifs de la hiérarchie familiale.

— Maureen, allez me chercher de quoi panser ces fous.

Lorsque la jeune fille eut apporté la boîte de pharmacie, suivie de Maureen comme le prêtre du clergeon, Molly se mit à soigner ses hommes à la chaîne. Elle trempait son pinceau dans le mercurochrome, le promenait sur les figures, puis découpant des morceaux de sparadrap, elle les constellait gaiement de croix roses. Remettant les ciseaux, le sparadrap et le mercurochrome à son aide, Mrs Loughrea dit :

— Voyez ce qui vous attend, ma petite. C'est ce qu'on appelle le bonheur conjugal, dans les livres.

Shan et ses garçons remercièrent la maman, mais celle-ci les interrompit :

— J'apprécie fort votre reconnaissance, cependant veuillez me donner un shilling chacun, pour les frais.

Loughrea grogna :

— Vous ne croyez pas que vous y allez un peu fort, Molly?

— Penseriez-vous, par hasard, Shan, que le pharmacien me fait cadeau de ce que je ne cesse de mettre sur vos museaux?

Après cet intermède, les quatre hommes reçurent permission d'aller boire un verre à *L'Eléphant et les Bretelles,* lieu de rendez-vous des Irlandais du quartier et de leurs amis. Avant de sortir, Shan tint à prévenir sa fille :

— Vous avez vu ce qui est arrivé à cause de vous, Maureen. Si vous persistez dans vos ignobles intentions, pour ne pas chagriner votre mère, je ne vous estropierai pas, toutefois, je mettrai votre Andrew dans un tel état que même ses parents ne le reconnaîtront pas!

— Si vous faites une chose pareille, daddy, vous aurez ma mort sur la conscience!

— J'aime mieux vous savoir morte que déshonorée!

Sur cette réflexion pleine de grandeur, Loughrea et ses garçons quittèrent la place. Ils ne possédaient pas beaucoup d'argent en poche, cependant en bon Irlandais, ils avaient au cœur l'espoir de rencontrer quelqu'un susceptible de leur offrir à boire.

Les hommes disparus, Maureen aida sa mère à remettre de l'ordre dans la pièce où les Loughrea avaient donné libre cours à leurs tempéraments impétueux. Puis Molly fit asseoir sa fille près d'elle et lui prenant les mains dans les siennes :

— C'est vrai cette histoire avec Andrew Dyce ?

— Tout ce qu'il y a de plus vrai, Mummy.

— Vous comptez l'épouser ?

— Naturellement.

— ... C'est un hérétique !

— Ce n'est pas ce genre d'histoire qui m'empêchera d'être heureuse !

— Chut !... Ne blasphémez pas... Cela vous porterait malheur et puis vous me feriez de la peine... Comment imaginez-vous que j'aurais tenu le coup si je n'avais foi dans les promesses de Notre-Seigneur et de la Vierge Marie ? Vous ne pensez pas qu'avec tout ce que votre père m'a fait endurer, je n'aie pas eu mille fois envie de me laisser aller ? Seulement je me répétais : Dieu t'éprouve, Molly Malone... Ce que tu supportes sur cette terre, te sera payé en paradis... Reste avec ton ivrogne de mari... Tu le dois pour tes enfants et pour ton salut éternel... Je suis restée. Cela a été dur, vous savez...

— Mummy...

— Alors, je ne voudrais pas qu'à votre tour...

— Andrew est un brave garçon.

— Votre père aussi m'avait paru être un brave

garçon... Il l'était, d'ailleurs... et il le serait demeuré s'il n'avait pas tant aimé le whisky et la bagarre.

— Andrew n'est pas batailleur, pourtant il ne craint personne, sauf son père et j'ai peur, mummy, que Gregor Dyce, à son tour, ne permette pas à son fils d'épouser une hérétique...

— Si vous tenez à l'épouser, Maureen, vous serez sa femme. Sur ce point, les filles sont malheureusement imbattables. Elles courent après leur malheur et pour si vite qu'il se sauve, elles finissent toujours par le rattraper. Voyez ce que j'ai fait.

— Vous ?

— Votre père ne voulait pas de moi.

— Est-ce possible ?

— Comme je vous le dis, Maureen... Il faut ajouter que si je passais pour jolie et sage, lui c'était la coqueluche de toutes les demoiselles du Connemara. Je dois avouer que je me suis sentie très fière d'avoir triomphé des autres lorsqu'il est venu demander ma main à ma mère puisque mon père avait disparu depuis des années. Et puis voilà qu'une Dublin est arrivée, une rouquine aux yeux verts. Elle n'a pas mis longtemps à embobeliner Shan qui, un soir, s'est amené assez piteux pour me confier qu'il s'était trop dépêché en décidant de se marier, qu'il préférait attendre afin d'être tout à fait sûr de ses sentiments, etc. Alors, je lui ai dit : « Et moi, qu'est-ce que je deviens dans tout ça ? Vous avez pensé à ma réputation ? » Il m'a répondu que ce n'était pas ses affaires du moment qu'il ne s'était rien passé de définitif entre nous et sur ce, il a tourné les talons et m'a plantée là.

— C'est honteux! Comment avez-vous réagi, mummy?

— Le lendemain soir, il y avait un bal et, naturellement, Shan et sa rouquine étaient le point de mire de l'assistance. Quand on m'a vue arriver, ça a jeté un froid. On m'a regardée. Les rangs se sont ouverts devant moi. Je me suis amenée près du couple. La garce de Dublin ne me connaissant pas, je n'ai pas eu de peine à ajuster mon coup et à lui écraser le nez. Comme Shan me bousculait pendant que l'autre piaillait, je le giflai devant tous. Et puis j'ai raconté mon histoire en public, on m'a acclamée lorsque j'ai déclaré que les étrangères n'avaient pas à venir tout démolir chez nous. Shan m'a injuriée tellement il était furieux. Alors, j'ai crié : « Il n'y a donc plus de garçons assez solides et assez courageux pour apprendre la politesse à ce suborneur? » Il faut préciser, Maureen, que la plupart des gars du coin jalousaient Shan. Ils ont donc profité de l'occasion pour se venger et ils lui ont flanqué une telle râclée qu'il a fallu le transporter à l'hôpital tandis que son amie repartait pour Dublin, ou je ne sais où, sous les huées. Elle avait une si belle frousse qu'elle a oublié la moitié de ses affaires à l'hôtel où elle était descendue. Le lendemain, je suis allée chercher Shan et avec mes amis, on l'a emmené chez le curé où il a dû s'engager sous peine de recevoir une nouvelle correction. De là, on s'est rendu chez le maire qui a entendu Shan affirmer qu'il prétendait faire de moi sa femme. On nous a félicités. Au presbytère on a assuré Shan que s'il revenait sur sa décision il aurait à s'en expliquer avec Dieu, et à la mairie on l'a averti que je serais fondée à m'adresser aux représentants de la loi au cas où il manquerait à sa parole. Vous voyez, Maureen, que j'ai voulu ce qui m'est arrivé et qu'au fond, je n'ai pas le droit de me plaindre.

— Et daddy ne vous en a pas gardé rancune?

— Non... Sans doute m'admirait-il d'avoir su déployer autant d'énergie.

Maureen soupira :

— Je ne dois pas être de votre trempe, mummy, jamais je n'aurais le courage de me conduire de cette façon.

— Comptez sur moi, ma fille, pour vous donner un coup de main et si votre bonheur est d'épouser Andrew Dyce, ce n'est pas son sacré Écossais de père qui vous en empêchera!

*
* *

Au contraire de ce qui avait généralement lieu chez les Loughrea, un silence décent ne cessait de régner chez les Dyce. On y vivait (ou presque) dans la crainte de Dieu et dans la révérence à l'égard de son Église, sauf quand on avait bu un coup de trop, bien sûr.

Grégor, le père, imposait sa loi à la maisonnée. C'était un homme grand, mince et qui eût pu passer pour maigre. A la vérité, il n'avait pas une once de graisse sur un corps où les muscles saillaient comme des cordes. On le réputait d'une force quasi égale à celle de Shan Loughrea et chaque fois que ces deux hommes trouvaient l'occasion de se cogner dessus, il n'y avait ni vainqueur ni vaincu, les antagonistes étant généralement relevés aussi mal en point l'un que l'autre. Gregor occupait à Billingsgate un poste équivalent à celui de l'Irlandais et rangeait sous ses ordres les Anglais et les Ecossais. Les Gallois se partageaient entre les deux équipes selon qu'ils étaient originaires du Nord ou du Sud de leur pays. Gregor Dyce avait le cheveu d'un blond roux et un visage constellé de taches de son. Dans sa maison, il était une sorte de dieu respecté de ses enfants et devant qui Mona, son épouse, tremblait perpétuellement, dans la peur de lui déplaire.

Chez les Dyce, on témoignait d'une piété égale à celle des Loughrea et on y transgressait aussi joyeusement les commandements divins lorsqu'il était question de whisky ou de batailles. En ce vendredi soir — ainsi qu'il avait accoutumé de le faire au début du repas — Gregor remercia le Seigneur pour la nourriture que sa famille et lui-même s'apprêtaient à manger. Puis, il s'assit, imité par les siens. Nul n'ouvrait la bouche avant que le père n'ait parlé. C'était-là des secondes que l'Écossais savourait. Selon un cérémonial auquel personne n'eût osé apporter le moindre changement, Dyce déroulait sa serviette, attrapait la louche et au moment de la plonger dans la soupière, jetait le regard du maître sur sa maisonnée. En face de lui, Mona. Une grosse molle au teint blafard, perpétuellement au bord des larmes. Elle éprouvait envers son mari une sorte de dévotion où la crainte occupait une place plus importante que la tendresse. A la droite de Gregor, son fils Andrew qui lui ressemblait quant à la taille et à la vigueur, mais avec des traits plus fins. Assise près du garçon, la plus jeune des filles, Alison, une petite boulotte au visage de poupée; sa gaieté naturelle n'était pas toujours bien supportée par l'auteur de ses jours qui la tenait pour frivole. A gauche du patriarche, l'aînée des demoiselles Dyce, Fiona, une belle et forte créature en qui Gregor se reconnaissait volontiers. Près de Fiona, sa cadette, Elspeth. On retrouvait chez elle un peu de la mollesse maternelle avec beaucoup plus de grâce, toutefois. Elspeth était une rêveuse, penchant qui déroutait complètement ses parents. Tous les Dyce, sauf Mona suffisamment occupée à la maison, travaillaient au marché aux poissons.

— J'espère que mes filles me feront honneur au bal des poissonniers et que l'une d'elles enlèvera le championnat de danse.

Cette remarque était le signal donnant licence à chacun de s'exprimer librement. Alison fut la première à en profiter et assura qu'elle avait toutes les chances de remporter la récompense quoique son cavalier Nick Bromley fût plutôt difficile à remuer. Fiona répliqua à sa petite sœur qu'elle et son Nick ne faisaient pas le poids face au couple impeccable qu'elle formait avec le correct Bill Richmond dont la stricte élégance émerveillait Billingsgate. Alison répondit qu'avant que Fiona et Bill soient sortis de leur torpeur habituelle, elle aurait le temps d'exécuter deux ou trois danses. L'aînée ne put protester car Elspeth intervint pour remarquer qu'on paraissait l'oublier et bien qu'elle fût peu attachée — affirma-t-elle — à ce genre de confrontation, elle estimait qu'en compagnie de Tom Dulwich, elle ne partait pas battue.

— A condition — rétorqua Alison — que vous consentiez à regarder où vous mettez les pieds!

Ces petites querelles qui inquiétaient Mona sans cesse disposée à voir le drame partout, enchantaient Gregor. Il y voyait la preuve d'une agressivité naturelle le rassurant quant à l'avenir conjugal de ses filles. Elles ne se laisseraient pas mener par le bout du nez.

— Et vous, Andrew, n'avez-vous pas votre mot à dire?

— Non, père. Ce concours ne m'intéresse pas.

— Pourtant, l'an passé, avec Priscilla Duncan, vous avez été tout près des vainqueurs?

— Priscilla a quitté Londres avec ses parents. Je crois qu'elle est retournée au pays.

— Vous n'aurez pas de mal à dénicher une cavalière

qui la vaudra. N'oubliez pas que vous avez la chance de me ressembler, mon garçon.

— Je n'irai pas au bal, père.

La colère commençait à faire bouillir le sang facilement ému de Gregor Dyce. Glacial, il demanda :

— Serait-il indiscret de vous prier de nous donner les raisons de cette décision ?

— Parce que je ne pourrais pas m'y rendre avec celle que j'aime et dont je souhaite faire ma femme.

Du coup l'attention de la tablée se concentra sur le garçon et Mona se mit à trembler.

— Auriez vous honte de cette personne, Andrew ?

— Ah ! non, certes !

— Alors, pourquoi...

— Parce qu'il s'agit de Maureen Loughrea.

Mrs Dyce s'affaissa sur sa chaise, prête à tourner de l'œil. Les filles n'osèrent presque plus respirer sauf Alison qui, d'une voix menue, assura courageusement :

— Elle est drôlement jolie, Maureen...

Elle n'eut pas le courage d'aller plus loin dans le secours qu'elle voulait apporter à son frère. Gregor Dyce cogna si fort sur son assiette qu'il la fendit.

— Une Irlandaise... Chez moi ! une papiste ! Et la fille de cette crapule de Shan Loughrea ! Vous tenez donc à ce que tout Billingsgate se moque de moi, Andrew ?

— Mon mariage ne regarde personne !

— C'est vous qui le dites, espèce de blanc-bec !

— A vingt-six ans, je pense être majeur, non?

— Non!

— Elle est raide, celle-là!

— Vous ne serez majeur, mon garçon, que le jour où vous aurez réussi à battre votre vieux père.

— Ça signifie quoi?

— Que vous allez sortir avec moi et essayer de me montrer si vous êtes majeur ou non.

— Je me fais un devoir de vous obéir, père.

Lorsque Gregor eut refermé la porte de l'appartement, Mona fondit en larmes. Ses filles ne s'émurent pas autrement de ce désespoir auquel elles étaient habituées. Elles la consolèrent sans beaucoup de conviction. Fiona, à qui sa position d'aînée réservait les corvées les plus ennuyeuses, apporta un verre d'eau à sa mère.

— Buvez, mummy et ne vous tournez pas les sangs! Ils ne vont pas se tuer!

— Ces batailles finiront mal...

— Attendez tranquillement ce moment-là.

— Il n'y a pas de tendresse en vous, Fiona.

— Mais si, mummy, seulement je ne la gaspille pas pour rien.

— Pour rien! alors que votre père et votre frère sont en train de s'égorger?

— Vous voyez bien que vous exagérez toujours?

— Je vous admire de pouvoir vous moquer de moi

en un pareil moment! Ah! Bill Richmond ne se doute pas de ce que l'avenir lui réserve quand il vous aura épousée.

Fiona éclata de rire.

— Moi! épouser Bill, où avez-vous pris ça?

— Mais... Vous sortez avec lui, non?

— Et après?

Lancées par la naïve réflexion maternelle, sur le chapitre de leurs « sweethart », les filles ne s'arrêtèrent plus de discourir et quand une demi-heure après les avoir quittées, Gregor fit son entrée, il leur parut qu'il venait à peine de sortir. Le père avait le visage joliment tuméfié. Cependant, il fixa sur les femmes un œil (celui qu'il pouvait ouvrir) glorieux et se contenta de remarquer :

— J'avais raison, Andrew n'est toujours pas majeur.

Mona poussa un gémissement lugubre avant de demander :

— Qu'avez-vous fait de notre fils, Gregor?

— Je l'ai laissé à la pharmacie où on le panse. Et maintenant, je vais me coucher. Bonsoir.

Elles répondirent d'une seule voix :

— Bonsoir.

Au moment où il ouvrait la porte de leur chambre, Dyce lança à sa femme :

— Vous savez que j'ai encore un crochet du gauche très convenable, Mona.

*
* *

Le père Bert Fitzpatrick ressemblait beaucoup plus à un corsaire qu'à un prêtre. Toutefois, le regard clair et lumineux qu'il fixait sur ses pauvres compatriotes, appartenait, sans le moindre doute, à un saint qui aurait transformé son auréole en une couronne de cheveux blancs. Il avait écouté Molly Loughrea, les yeux clos et les mains jointes. Quand elle eut terminé, il se mit à parler d'une voix presque atone. On eût pu penser que c'était lui qui se confessait à sa visiteuse.

— Ma fille, vous n'ignorez pas l'affection paternelle que je vous porte. Je sais quelles sont vos difficultés, votre peine... et vous pouvez compter sur moi pour vous aider dans la mesure de mes possibilités. Depuis que je connais votre famille, mon enfant, je me rends compte chaque jour davantage que votre époux, en dépit de son bon cœur, n'a pas les qualités nécessaires pour assumer ses responsabilités. Mais, cette fois, je ne puis lui donner complètement tort. Malgré son intempérance et son goût pour les rixes, Shan Loughrea est un bon catholique et je comprends sa douleur à l'idée de livrer sa fille unique à un homme qui ne partage pas ses convictions, vos convictions... et je suis surpris que vous, Molly Loughrea, acceptiez si facilement de voir votre Maureen s'unir à un... hérétique ?

Molly qui s'était agenouillée pour écouter le prêtre, se releva.

— Ce n'est pas ce genre de secours que je suis venue chercher, Père!

— Hé! là! Doucement, ma fille, vous prenez un ton...

— Je parle à ma manière et ceux que ça choque n'ont qu'à ne pas m'écouter!

— Dites-donc, Molly Loughrea, faudrait voir à vous conduire autrement. Vous ne vous imaginez pas que vous allez commander dans ma cure?

— Si je commandais ici, ce serait un peu mieux tenu!

— Oh!

— Si vous voulez mon avis, ça pue chez vous! Et vous-même...

— Sortez!

— Je m'en vais. Apportez-moi vos chemises sales, je les laverai avec celles de mes garçons... une de plus, une de moins, hein?

Le visage du Père s'éclaira d'un sourire très doux :

— Vous avez un sacré mauvais caractère, Molly Loughrea et vous êtes pourtant la meilleure femme que j'aie jamais rencontrée.

— J'ai pas tellement un foutu caractère, Père. Vous devez comprendre que je suis obligée d'être ainsi pour tenir ma maisonnée. A moi non plus, ça ne plaît guère de penser que Maureen épouse un Écossais, mais si elle est malheureuse en ménage, le Bon Dieu descendra pas de sa croix pour la consoler, hein?

— Ne commencez pas à blasphémer!

— Vous prétendez que Shan est un bon catholique? Et alors? Je préfèrerais qu'il aille moins à l'église et qu'il fasse un peu mieux son devoir de chef de famille. Père, je ne veux pas que Maureen s'embarrasse, elle aussi, d'un Shan. Je ne tiens pas à ce qu'elle soit malheureuse comme l'aura été sa mère. C'est pourquoi je viens vous demander de m'aider pour le bonheur de ma fille. Vous comprenez, Père, je voudrais essayer de faire que Maureen soit heureuse... je n'ai plus d'autre but dans la vie, en attendant que Dieu estime que j'ai assez souffert.

Le curé passa sa vieille main aux doigts déformés par le rhumatisme sur la joue frippée de son interlocutrice.

— Molly Loughrea, je vous bénis... Je verrai Shan, mais à une condition, cependant : que vous obteniez de Maureen la promesse d'élever ses enfants dans la vraie religion, la nôtre.

— Ça, je vous le promets, même si je devais les porter toute seule sur les fonts baptismaux!

***

Mona Dyce avait attendu que tous les siens fussent partis au travail pour procéder à sa toilette — une toilette plus soignée que de coutume — puis, ayant revêtu sa meilleure robe, elle s'était glissée dehors et, rasant les murs, avait gagné la demeure du Révérend

Johns. Elle y avait été reçue par l'épouse du pasteur, une grande maigre qui n'admettait pas que le Seigneur laissât mijoter dans le besoin son serviteur et la compagne de ce dernier. Cette incompréhension — qui venait de loin (exactement le lendemain de son mariage lorsqu'il avait fallu se rendre au marché) avait aigri le caractère de Mary Johns. Les paroissiennes plaignaient le Révérend et détestaient cordialement sa femme. Celle-ci accueillit Mona avec sa hargne habituelle :

— Mrs Dyce ! A cette heure-ci ? Auriez-vous quelqu'un de gravement malade chez vous ?

— Non, grâce à Dieu ! Je voudrais simplement parler au pasteur.

— Croyez-vous qu'il n'ait pour tâche que d'écouter les confidences des demandeuses de conseils ?

— Évidemment non !

— Alors, revenez plus tard !

— Mais c'est que je ne peux pas ! A cause de mon mari...

Mary Johns eut un ricanement haineux.

— Votre mari, ma chère, s'opposerait-il à ce que vous consultiez celui qui, dans ce quartier, assume la lourde responsabilité d'empêcher vos pauvres âmes de pécheurs et de pécheresses d'être condamnées pour l'éternité ?

— Assurément pas, Mrs Johns.

— Dans ce cas, revenez plus tard !

La pauvre Mona eût été éconduite sans autre forme

de procès si le Révérend, attiré par l'écho de la conversation, n'était venu chercher Mrs Dyce pour l'emmener dans son cabinet. Dick Johns, un homme de stature très moyenne, avait presque toujours le visage congestionné (ce qui faisait dire aux catholiques que son zèle le portait à retrouver fréquemment le Seigneur dans ses créations et notamment dans le whisky, une abominable calomnie comme bien l'on s'en doute, et digne des papistes !) et, de ce fait, paraissait sans cesse furieux ou sur le point de l'être.

— Chère Mrs Dyce, qu'est-ce qui me vaut donc le plaisir — rare — de votre visite ?

— Un malheur, mon Révérend, un grand malheur...

— Mon Dieu !

— Mon fils, Andrew...

— Lui serait-il arrivé un accident ?

— Pire !

— Seigneur ! Il est ?...

— Pire !

— Je ne vois pas qu'il y ait pire que la mort, Mrs Dyce ?

— Andrew veut épouser une catholique !

— Oh !!!

— La fille de Shan Loughrea, Maureen !

— Oh !!!!!

Sur ce, Mona fondit en larmes, ce qui exaspéra Dick Johns.

— Je vous en prie, Mrs Dyce, ce n'est pas le moment

et les larmes ne changeront rien à l'affaire... Que dit Gregor du projet insensé de son garçon?

— Il lui a tapé dessus et si vous voyiez mon malheureux enfant, la figure qu'il a, ce matin...

— Entrer dans la famille de Shan Loughrea! Il faut avoir perdu le sens de l'honneur et toute dignité! Et vous êtes là pour me persuader d'essayer de faire reprendre ses esprits à ce fou d'Andrew? Notez qu'il n'est pas tellement responsable, si son père avait un peu moins bu, il n'aurait pas eu un fils prêt à épouser une catholique!

— Monsieur le Pasteur, aidez-moi à convaincre mon mari de laisser Andrew se marier avec celle qu'il aime.

— Quoi?

— Ça ne me fait pas plaisir de penser que j'aurai une bru hérétique, mais Gregor, lui, il est capable de tuer son enfant, vous savez!

— Est-ce vous, Mona Dyce, qui parlez de la sorte?

— Andrew est mon seul garçon...

— Si les malfaiteurs trouvent appui au sein de leur famille, plus grand-chose ne pourra m'étonner désormais... Mrs Dyce, avez-vous songé que lorsque vous serez en présence du Seigneur, il vous demandera des comptes?

— Moi aussi!

Les yeux du pasteur parurent lui jaillir de leurs orbites tandis qu'il bégayait :

— Ai... ai-je bien en... entendu? Vous vou... voulez réclamer des... des comptes à l'Éternel? Seriez-vous devenue folle, Mrs Dyce?

La paisible Mona, la Mona que tous écrasaient, avait fait place à une révoltée qui s'épouvantait de sa révolte mais n'en continuait pas moins de plus belle à la façon du gamin qui crie et apeuré par ses propres cris, se met à hurler.

— Vous estimez, monsieur le Pasteur, que l'Éternel ne m'a pas assez cogné dessus? Qu'est-ce que j'ai eu comme existence, moi? Le travail, encore le travail, toujours le travail! Je ne me suis arrêtée que pour mettre des enfants au monde! C'est pour ça que, moi aussi, je réclamerai des explications à Dieu pour qu'Il m'apprenne le pourquoi de ce châtiment qu'il m'inflige depuis que je suis née!

Dick Johns n'était pas un méchant homme et il comprenait que celle-là devant lui avec son regard délavé, ses cheveux ternes, sa bouche aux lèvres molles, avait porté une trop grosse charge.

— J'ai tout enduré pour mes petits... et je veux pas qu'on me prive d'eux à cause d'histoires qui me dépassent.

Le pasteur soupira. Pour la première fois, il était amené à s'interroger sur la manière dont il remplissait sa mission.

— Là... là... calmez-vous... Mrs Dyce... J'irai voir votre époux et nous étudierons la chose... Seulement, il faut me promettre que si je consens à laisser entrer une brebis noire dans mon troupeau, les agnelets auxquels elle donnera le jour, seront aussi blancs que leur grand-mère, je veux dire qu'ils seront baptisés dans notre foi, la seule vraie.

— Je vous le promets!

***

Avant de regagner Rip Lane où sa mère, toujours inquiète, l'attendait, Maureen rejoignait son amoureux dans le jardin de la Tour. C'était, pour tous deux, le meilleur moment de la journée. Ils s'aimaient, ils étaient ensemble, ils se tenaient par la main : que pouvaient-ils souhaiter de plus?

— Maureen chérie, avez-vous parlé à vos parents?

— Oui.

— Alors?

— Mon père et mes frères se sont battus tels des chiffonniers et daddy a juré de vous estropier pour le restant de vos jours, mais je vous aimerais même infirme!

Cette assurance n'eut pas l'air d'enchanter tellement le garçon.

— Et vous, Andrew? Vous avez dit à vos parents que vous désiriez m'épouser?

— Oui.

— Qu'a répondu votre père?

— Sa réponse est sur ma figure, chérie.

— Mon pauvre chéri...

Ils s'appuyèrent au mur et regardèrent couler la Tamise. L'insaisissable course du fleuve émeut toujours les cœurs passagèrement ou foncièrement romantiques. Maureen gémit :

— Pourquoi ne veulent-ils pas que nous soyons heureux ? Ils nous aiment pourtant...

— Nous appartenons à des religions différentes.

— Quelle importance puisque nos enfants seront catholiques ?

Maureen était si parfaitement sincère qu'elle ne prit pas garde à la sècheresse soudaine de son Roméo.

— Et pourquoi, je vous prie, seraient-ils catholiques ?

Elle le regarda étonnée.

— Mais parce qu'ils seront mes enfants, voyons !

— Dois-je comprendre qu'ils ne seront pas les miens ?

— Si, bien sûr ! En voilà une question !

— S'ils sont mes enfants, pour quelles raisons ne seraient-ils pas protestants comme leur père ?

— Pour la bonne raison que la vraie religion est la catholique, non ?

Andrew s'emporta :

— Vous n'imaginez tout de même pas que je vais vous répondre : oui ?

— Si ! oui, je l'imagine, à la condition, toutefois, que vous soyez sincère !

— Et si je vous affirmais, moi, que votre religion n'est pas la bonne?

— Je vous détesterais comme je déteste tous les menteurs!

— Maureen, je pense que nous nous sommes engagés un peu à la légère...

Frémissante de ce qu'elle tenait pour une trahison abominable, elle répliqua :

— C'est aussi mon avis!

— Dans ce cas...

Sans ajouter un mot, elle s'éloigna très vite. Elle ne voulait pas qu'il la vît pleurer. Lorsqu'elle l'eut quitté et qu'il se retrouva seul, Andrew réalisa brusquement qu'il ne pouvait vivre sans elle. Alors, abandonnant Luther, Calvin et tous les théologiens à qui souhaitait s'intéresser à eux, il courut pour rattraper Maureen. Il la rejoignit à l'entrée de Tower Hill et lui prit le bras. Elle voulut se dégager, il l'en empêcha. Un gentleman crut qu'Andrew importunait une jeune fille et s'adressa à l'Écossais :

— Vous n'avez pas honte? Voulez-vous la lâcher ou j'appelle un policeman!

Avant qu'Andrew n'ait eu le temps de fournir une explication, l'Irlandaise demandait à l'importun :

— Qui vous a appelé? Vous n'avez rien de mieux à faire que de fourrer votre nez dans les histoires d'autrui?

En passant son bras sous celui de son amoureux, elle ajouta :

— Dépêchons-nous, chéri, nous allons être en retard.

***

Lorsque le Père Fiztpatrick eut achevé d'exposer à Shan — devant toute la famille attentive — les motifs voulant qu'il ne s'opposât point au mariage de sa fille avec Andrew Dyce, Loughrea remarqua gentiment :

— Vous avez de la chance, Père, de porter une soutane.

— Vraiment ?

— Sans ça, vous auriez déjà mon poing sur la figure.

Le Père n'était pas d'une humeur particulièrement tolérante.

— Par hasard, Shan Loughrea, vous n'auriez pas envie de tâter d'une bonne petite excommunication ?

— Parce que je ne veux pas donner Maureen à un hérétique ?

— Parce que vous menacez un serviteur de Dieu !

— Le serviteur de Dieu n'a qu'à rester dans son église et ne pas venir tenter de régenter mon foyer !

— Soyez tranquille, je n'y mettrai plus les pieds !

— Je l'espère !

— Vous mourrez sans confession, Shan Loughrea, car je ne vous accorderai pas la grâce de l'extrême onction ! Vous n'en serez que plus assuré de trouver rapidement, sans vaines formalités, la place qui vous est réservée en enfer!

Sur cette menace, le Père sortit sans saluer personne. Après son départ, Shan — un peu inquiet au fond et ne sachant pas trop ce qu'il fallait retenir de ces menaces — sans s'adresser à personne en particulier, s'interrogea à voix haute :

— Je me demande qui a bien pu avoir l'idée saugrenue d'alerter ce sacré curé?

Loin de se démonter sous le regard inquisiteur de son mari, Molly répliqua :

— Quelqu'un qui, sans doute, espérait vous empêcher de vous damner et qui, apparemment, n'y a pas réussi.

***

Chez les Dyce, l'entrevue du Révérend et de Gregor, fut beaucoup plus courte. Le Révérend avait été cependant fort civilement accueilli et Dyce lui offrit un whisky que Dick Johns accepta.

— Et qu'est-ce qui nous vaut le plaisir de votre visite, Monsieur le Pasteur?

— Le projet qu'a formé votre fils Andrew d'épouser Maureen Loughrea. Je suis venu vous conseiller de ne pas vous y opposer.

Soulagé d'avoir lâché cette nouvelle explosive, le Révérend porta le whisky à ses lèvres, mais la main de Gregor arrêta son bras. L'Écossais prit délicatement le verre d'alcool des doigts de son hôte et le reposa sur la table, puis se levant, il attrapa Dick Johns par le col de sa veste, l'arracha à son siège et le tenant à quelques centimètres du sol, le reconduisit à la porte où il le déposa sur le palier en l'avertissant :

— La prochaine fois que vous vous mêlerez de ce qui ne vous regarde pas, c'est par la fenêtre que je vous ferai regagner la rue, mon Révérend.

Débarrassé de l'importun, Gregor revint au centre de la pièce et murmura :

— Maintenant, Mona, vous allez me confier qui l'a mis au courant...

2

Au commissariat dont dépendait le quartier de Billingsgate, tous les constables redoutaient l'inspecteur Michaël Newham qu'entre eux (et lorsqu'il ne pouvait les entendre) ils appelaient « Coco-Bel-Œil » à cause d'une cicatrice qui lui creusait la joue droite et tirait sur la paupière supérieure de l'œil de ce même côté. Bien qu'il fût un gaillard susceptible de plaire, cette cicatrice repoussait les filles. Sa femme, Janet, l'avait épousé avant son accident et depuis, lui en voulait d'avoir la figure en un pareil état; elle lui attribuait le piétinement hiérarchique de son mari qui, selon ses dires, aurait dû être inspecteur-chef depuis plusieurs années déjà. A la vérité, Janet n'avait pas complètement tort, cependant, ce dont elle ne prenait pas conscience, c'est que son mari, s'il ne plaisait guère aux femmes par suite de son visage meurtri, n'était pas davantage sympathique aux hommes à cause de son mauvais caractère. En bref, Newham était un aigri et il rendait la terre entière responsable de son malheur et des injustices qui, selon lui, le maintenaient dans un grade inférieur. Si ses collègues ne prisaient guère la compagnie de Michaël, ses subordonnés en avaient peur et son patron, le superintendent James Finchley ne débordait pas de compréhension à son endroit.

Sitôt que l'inspecteur Newham entrait dans le commissariat, une espèce de gêne ralentissait les gestes de chacun. On y vivait dans l'attente anxieuse de ces fameuses colères qui assuraient à Michaël une assez fâcheuse réputation dans la police londonienne. Ce matin-là, à peine arrivé, l'inspecteur convoqua les constables qui n'étaient pas de service dans la rue. Ils se présentèrent, conduits par le sergent Herbert Stonaway, un vieux de la vieille trop près de sa retraite pour redouter qui ou quoi que ce soit. Les policiers se rangèrent sur trois rangs devant le bureau de Newham, lequel laissa passer quelques secondes avant de parler.

— Je ne vous apprendrai rien en vous disant que ce soir a lieu le bal des poissonniers. Ainsi que chaque année, il faut nous attendre à des bagarres. Si le Super avait voulu m'écouter, j'aurais bouclé Shan

Loughrea et Gregor Dyce pour ne les relâcher que demain matin. Ainsi, nous aurions eu une chance que tout se passe bien. Malheureusement il paraît qu'en agissant de la sorte, j'aurais contrevenu à la loi exigeant que nul ne soit reconnu coupable avant qu'il n'ait commis une infraction, même si vous savez qu'il va la commettre. Enfin, puisque nous ne pouvons pas empêcher ces deux voyous de nuire, il s'agit de les surveiller de près et au moindre signe de tension, à la plus légère velléité de bagarre vous me les embarquez tous les deux. Sergent, je vous charge particulièrement de cette mission.

— Comptez sur moi, Monsieur.

— Si les Irlandais en viennent aux mains avec les autres, rappelez-vous qu'ici comme là-bas, vous représentez la loi et que force doit rester à la loi. Allez-y de bon cœur! N'oubliez pas que vous avez des bâtons et que les crânes écossais ou irlandais sont parmi les plus solides du monde. Ne craignez donc pas de cogner dur. Sergent, vous emmenerez les hommes dont vous estimez avoir besoin pour maintenir l'ordre. Moi, je resterai ici toute la nuit avec le reste de l'effectif prêt à vous épauler au premier appel.

— Entendu, Monsieur.

L'inspecteur promena un regard mauvais sur sa troupe et un sourire cruel aux lèvres, conclut :

— Personne ne rentrera chez lui, ce soir. Vous pouvez disposer. Sergent?

— Monsieur?

— Qui est ce garçon qui semble vouloir rentrer dans le mur au lieu d'emprunter la porte?

— Un nouveau, Monsieur. Il est là depuis tout à l'heure. Il est encore timide.

— Je me propose de le guérir de sa timidité, sergent. Son nom?

— Edward Wooburn, Monsieur.

— Ça va, sergent. Wooburn!

Le jeune constable parut être pétrifié en entendant son nom et incapable de se mouvoir pour retourner sur ses pas. Stonoway dut l'attraper par le bras et le ramener dans le bureau de l'inspecteur qui grogna :

— Faudrait voir à vous grouiller, Wooburn, quand je vous appelle!

— Oui, Monsieur.

— Vous sortez d'où?

— Peel House (1), Monsieur.

— Vous êtes costaud?

— Assez, oui, Monsieur..

— Vous aimez la bagarre?

— Pas précisément, Monsieur.

Newham ricana.

— Alors, je vous plains.

— Pourquoi, Monsieur?

— Parce que si vous ne savez pas vous battre, vous passerez plus de temps à l'hôpital que dans votre

(1) École d'entraînement pour les aspirants-policemen.

service. Naturellement, Wooburn, vous savez qu'on me surnomme « Coco-bel-Œil ? »

— N... on, Monsieur.

— Ne mentez pas, imbécile! Je veux simplement vous avertir. Vous me donnerez ce sobriquet lorsque vous serez avec vos camarades, mais attention! que je ne vous entende jamais, sinon vous aurez affaire à moi!

— Je n'ai pas l'in...

— Ne répondez que lorsque je vous pose une question, Wooburn, cela vaudra mieux pour nos futures relations.

— Oui, Monsieur.

— Figurez-vous, mon garçon, que j'ai assez mauvais caractère pour ne pouvoir supporter qu'on se foute de moi et plus particulièrement qu'on se paie ma tête pour une blessure qui n'augmente pas mon sex-appeal, j'en conviens, mais que j'ai encaissée en service commandé. J'estime qu'il faut être un parfait salaud pour se moquer d'un type qui a payé très cher l'honneur de faire son boulot!

— Oui, Monsieur.

— Pas besoin de votre approbation, Wooburn! Le « nouveau » qui n'était point sot, comprit que pour l'inspecteur, cette cicatrice n'était pas fermée, et ne le serait jamais. L'inspecteur poursuivit :

— Vous avez la guigne, Wooburn, de débuter aujourd'hui, car ce bon Dieu de Bal des Poissonniers est toujours difficile à digérer pour nous. Ça ne vous fait pas peur?

— J'agirai de mon mieux, Monsieur.
— Je vous le conseille vivement, mon garçon.

***

Ce Bal des Poissonniers, chacun des participants le préparait de longue date et les familles dépensaient les rares économies pour que la femme — si elle était encore jeune — ou la fille — si elle était assez âgée — puisse paraître à son avantage, ait une chance au concours de « La Belle Poissonnière » ou rivalise, en compagnie d'un garçon, voire de son mari, pour le titre du « Plus beau couple de Billingsgate ».

Cependant, pour la première fois depuis des années, chez les Loughrea et chez les Dyce, le cœur n'y était pas et cela à cause des incartades de Maureen et d'Andrew. Par mesure de représailles envers une indépendance qui lui paraissait une injure permanente à son autorité, Gregor avait interdit à son fils de sortir ce soir-là et Shan, pour marquer sa volonté arrêtée de ne céder à aucune supplication, avait fermé lui-même la porte de la chambre de Maureen où elle demeurerait prisonnière en attendant le retour de ses parents. Loughrea avait emporté la clé. Naturellement, les épouses boudaient et les frères et sœurs éprouvaient un vague remords pour leur manque de solidarité.

Au début de cette joyeuse réunion, tout se passa comme sur des roulettes. Déjà le Père Fitzpatrick et le pasteur Johns se félicitaient de l'ambiance amicale lorsque le hasard voulut que Shan Loughrea et Gregor Dyce se retrouvassent au bar. D'abord, ils se regardèrent sans rien dire, burent côte à côte sans échanger un mot jusqu'au moment où l'Irlandais ne pouvant plus se contenir, demanda aimablement à l'Écossais :

— Il me semble, Monsieur, que je n'ai pas eu le plaisir d'apercevoir votre fils, Andrew. Ce malheureux garçon, déjà si disgrâcié au point de vue physique, serait-il malade en plus ?

D'un coup, le silence régna autour du bar, puis gagna les rangs de la foule. Avertis, le pasteur et le prêtre se précipitèrent.

— Monsieur, mon fils se porte bien. Simplement, je l'ai prié de rester à la maison pour ne pas rencontrer une espèce de petite garce sans pudeur qui essaie de lui mettre le grappin dessus afin de redonner un peu de considération à une famille qui en a pas mal besoin.

Gregor n'avait pas terminé son discours qu'il recevait la consommation — verre et alcool — de Shan en pleine figure. C'eût été immédiatement la bagarre si le prêtre ne s'était cramponné à Loughrea et le pasteur à Dyce en leur faisant honte de leur tenue alors que l'assistance entière avait les yeux fixés sur eux. Le sergent Stonoway, intrigué par le silence qui avait subitement succédé au tumulte, vint se rendre compte de ce qu'il arrivait et se contenta de prévenir les deux antagonistes :

— Attention, vous autres! A la moindre velléité de bagarre, on vous embarque. Compris?

Avec un air dont l'hypocrisie fit l'admiration des connaisseurs, l'Irlandais et l'Écossais jurèrent qu'ils n'avaient d'autre ambition que de vivre une agréable soirée dans l'harmonie la plus totale. Sans être rassuré, le sergent se retira, l'orchestre se remit à jouer et les couples s'élancèrent à nouveau dans des danses dont les attitudes stupéfiaient les mères de famille et choquaient les serviteurs de Dieu.

Était-ce parce que leur sœur avait jeté les yeux sur les fils Dyce? ou parce que Eamun — qui avait défendu Maureen — était quelque peu épris de la dernière des filles de Gregor, Alison? toujours est-il que les trois Loughrea dansant avec des cavalières qui ne les intéressaient pas, ne cessaient de regarder Fiona, Elspeth et Alison Dyce se trémoussant avec leurs compagnons, ce qui ne les empêchait nullement — sincérité ou bravade? — de lancer des œillades enflammées aux Irlandais. Durant le temps où les musiciens reprenaient haleine, les frères Loughrea convinrent que les Écossaises, chacune dans leur genre, étaient mignonnes à croquer et Dieu qui aime particulièrement les Irlandais S'était arrangé pour que chacun des frères s'intéressât à une Dyce, celle que le Ciel, dans ses insondables desseins, avait dû lui réserver. Les trois gars décidèrent de partir à l'assaut, mais comment isoler leurs futures proies? Ce furent ces dernières qui se chargèrent de laisser le champ libre à leurs agresseurs en envoyant leurs cavaliers — Bill, Tom et Nick — chercher des glaces.

Mr et Mrs Dyce buvaient paisiblement de la bière au gingembre. Mona commençait à croire que la soirée se terminerait bien, lorsque Bill Richmond, Tom Dulwich et Nick Bromley se présentèrent devant eux pour leur annoncer qu'ils avaient perdu leurs filles. En riant, Gregor leur répondit qu'il n'y avait que des Anglais pour se laisser piquer leurs sweetharts, mais il changea de couleur quand il entendit (à une dizaine de chaises plus loin) les danseuses des Loughrea se plaindre avec amertume d'être abandonnées par les frères irlandais. A cause d'Andrew et de Maureen, Dyce établit immédiatement un rapport entre les deux disparitions signalées et se lança sur-le-champ à leur recherche, suivi non seulement de Bill, Tom et Nick, mais encore de Loughrea et de sa femme mystérieusement avertis du drame qui se mijotait. Mona, déjà en larmes, emboîta le pas.

***

Ne se préoccupant pas de l'inquiétude que leur absence suscitait, les frères Loughrea flirtaient avec leurs nouvelles compagnes. Patrick affirmait à Fiona que jamais encore il n'avait rencontré une fille aussi belle et comme Miss Dyce l'aînée était convaincue de sa rayonnante beauté, elle écoutait avec plaisir ce solide garçon lui avouer qu'elle l'avait fort impressionné. Elle voulut, cependant, résister :

— Vous savez que je ne devrais pas vous écouter? N'êtes-vous pas un Loughrea?

— Et alors? Penseriez-vous qu'un mélange d'Écossais et d'Irlandais donnerait quelque chose de mauvais?

Rougissante, elle murmura :

— Cela dépend de la manière dont le mélange serait fait...

L'aîné des Loughrea s'enflammait à une vitesse telle qu'on pouvait redouter l'incendie ravageur aux conséquences incalculables. Patrick s'enquit d'une voix étranglée :

— Vous n'avez rien contre les Irlandais, j'espère?

— Et vous, détestez-vous les Écossaises?

— Je vais vous prouver que non!

Attirant Fiona dans une cachette sûre, le garçon lui plaqua sur les lèvres un baiser empreint de toute la fougue de sa race et auquel elle répondit avec l'entêtement, la ténacité des gens des Highlands.

Pendant que son aîné se divertissait de tendre manière, Seamus, tenant la main d'Elspeth dans la sienne, lui chuchotait qu'il était vraiment malheureux qu'ils appartinssent l'un et l'autre à des confessions différentes, car il s'affirmait certain de ne pouvoir plus rencontrer une demoiselle qui lui semblerait aussi apte à l'aider dans la fondation d'un foyer. Émue, l'Écossaise soupira :

— Pour cela, il faut aimer, ne croyez-vous pas?

— Vous ne vous êtes donc pas encore aperçue que je vous aimais?

— Pour de vrai?

— Et comment!

— Oh! Seamus...

— Ma très chère Elspeth...

Seamus se risqua à caresser d'une lèvre furtive une joue satinée et qui sentait bon la lavande Yardley. Elspeth, aussi énergique que sa sœur Fiona, prit l'initiative des débats plus concrets et octroya au cadet des Loughrea un baiser qui lui donna l'impression de s'envoler et de traverser la Tamise sans utiliser le London Brigde.

Pour Eamun et Alison qui s'étaient déjà avoué leur commune inclination, les choses filaient beaucoup plus grand train. Enlacements, caresses dont la durée ne cessait d'augmenter jusqu'à atteindre les limites de la suffocation, étreintes passionnées, murmures énamourés dans les rares instants où le couple reprenait haleine.

— Vous m'aimez?

— Je vous adore

— Je serai votre femme?

— Et la mère de mes enfants.

— Mais... nos parents?

— On s'en fout!

— Oh!

A ce moment, la lumière électrique inonda la pièce où les deux amoureux s'étaient réfugiés. Ils se séparèrent vivement pour se trouver en face des Dyce, des Loughrea et des trois cavaliers éconduits des Écossaises. Shan hurla :

— Eamun! Qu'est-ce que vous faites?

Dans un sourire, le jeune homme fournit l'explication réclamée.

— Je voulais savoir si une hérétique embrassait bien, père.

D'un ton à vous flanquer des frissons, Dyce ironisa :

— Peut-on connaître votre opinion, espèce de répugnant personnage?

— Très satisfait, Mr Dyce...

— Vous m'en voyez ravi, voyou!

Négligeant les qualificatifs que le père outragé lui assénait, Eamun dit à sa compagne d'une voix claire :

— Et si on se mariait, Alison, on n'aurait plus besoin de se cacher pour s'embrasser?

— Ce serait une fameuse bonne idée, chéri!

Le hurlement de Gregor se confondit avec celui poussé par Shan. Le couple scandaleux allait goûter des minutes difficiles lorsqu'on demanda :

— Que se passe-t-il?

Tous se retournèrent; Patrick et Fiona, Seamus et Elspeth bras-dessus bras-dessous, avec une impudeur qui stupéfia Molly et affola Mona, se tenaient sur le seuil. La bagarre était imminente quand, une fois de plus, le pasteur et le prêtre se dressèrent entre les antagonistes.

— Arrêtez, païens! maudits de Dieu! Expliquez-vous avant de vous conduire comme des sauvages! Êtes-vous civilisés, oui ou non?

Gregor répondit qu'il était bien connu que les Irlandais ne l'étaient pas et Shan assura que les Écossais se tenaient au bas de l'échelle humaine échappant de peu à la classification des grands singes. Partie sur cette voie, il apparaissait vain d'espérer que la discussion pût déboucher sur une réconciliation générale. On retourna dans la salle où l'orchestre s'arrêta de jouer afin de ne rien manquer du spectacle qui se préparait. On fit cercle autour des Dyce et des Loughrea, les premiers assistés de Bill, Tom et Nick enragés d'avoir perdu leurs cavalières. Froid comme un haddock congelé Gregor s'enquit courtoisement :

— Mr Loughrea, en dépit de votre mauvaise foi naturelle et des mœurs déplorables de votre famille, estimez-vous me devoir réparation?

— Mr Dyce, je reconnais dans vos propos cette avarice écossaise qui fait argent de n'importe quoi et qui n'hésite pas à demander à des filles, en apparence convenable, de se conduire à la façon de...

Le poing de l'Écossais écrasa l'injure dans la bouche de Shan. Mona hurla. Molly attrapa Dyce par les cheveux tandis que son mari cognait de toutes ses forces dans l'estomac de son ennemi. Bill Tom et Nick se ruèrent sur Patrick, Seamus et Eamun. A leur tour, les partisans des deux familles entrèrent dans la mêlée et les musiciens enthousiasmés, abandonnèrent leurs instruments pour se jeter dans la bataille. A la désespérée, le prêtre et le pasteur tentèrent d'arrêter le massacre. Ils furent emportés dans la tourmente. On ne put jamais identifier les âmes assez noires qui profitèrent de cette empoignade généralisée pour assouvir des rancunes personnelles envers les deux serviteurs de Dieu. Personne ne put dénoncer celui qui avait expédié le curé dans la contre-basse et le Révérend sur le piano où son nez, en frottant les touches, remonta la gamme.

Le sergent Stonoway, tout de suite alerté, rassembla ses hommes et, avec plus ou moins d'enthousiasme, ils pénétrèrent dans le bal en balayant quelques rares opposants qui invoquaient la Grande Chartre et l'*habeas corpus*. Mais les policiers n'étaient pas assez nombreux et ne parvinrent pas à s'infiltrer dans le magma vociférant, hérissé de bras levés, enveloppé de hurlements et d'injures et d'où par moment, jaillissait un corps, le temps d'un éclair, avant de s'enfoncer de nouveau au sein du tumulte. Parfois, dans son déplacement collectif, la mêlée abandonnait quelque épave que le directeur de l'endroit aidé de ses serveurs, tiraient à l'abri d'un retour offensif. Le sergent ne perdit pas une minute à s'épuiser inutilement. Il se précipita au téléphone et alerta l'inspecteur. A l'écouter, Michaël poussa un rugissement de joie :

— Ils vont voir de quel bois je me chauffe!

Newham ameuta le reste des constables dont il pouvait disposer et, au pas de course, la troupe gagna le Bal des Poissonniers où Stonoway et son maigre effectif l'attendaient. L'inspecteur du seuil de la salle de bal hurla :

— Stop! Au nom de la loi! Stop! Je vous colle tous au trou! Stop!

Michaël évita de justesse une bouteille de bière. Puis, à la façon de la phalange macédonienne qui assura la gloire d'Alexandre le Grand, Newham et ses policiers s'enfoncèrent au plein du combat à la façon du soc de la charrue dans la terre glaiseuse. Un phénomène se produisit alors d'un seul coup. Tous les participants à ce qui aurait dû être une réunion dansante, sans qu'il ait été besoin d'échanger un mot, de donner un ordre, oublièrent de s'assommer pour taper sur les représentants de l'ordre. Ce fut une sacrée bagarre. Newham eut la malchance de rencontrer Shan et Gregor qui, mettant un terme provisoire à leurs ressentiments, engagèrent le combat contre l'inspecteur, un combat trop inégal pour durer longtemps. A moitié évanoui, sur une droite au menton — coup favori de l'Écossais — renforcé par un crochet au foie — attaque de prédilection de l'Irlandais — Michaël partit à reculons pour aller s'effondrer au pied d'un groupe de femmes qui, aussitôt que cette proie haïe leur fut offerte, lui tombèrent dessus à bras raccourcis.

3

Le Superintendent Dave Orpington mettait un soin jaloux à n'avoir pas l'air de ce qu'il était. Sa mise sévère et correcte, sa propreté méticuleuse l'assimilaient à quelque banquier de la Cité. Excellent policier, il entendait remplir sa tâche sans le moindre romantisme. Il se voulait partisan convaincu de la police scientifique. Il estimait que l'heure de quitter son bureau ayant sonné, nul n'avait plus le droit, à moins d'un événement d'une envergure exceptionnelle, de le déranger. Le matin, il arrivait ponctuellement à son bureau.

Ce jour-là, le Super fut surpris par le nombre de visages tuméfiés lui apparaissant sous les casques des policemen le saluant au passage. Le sergent Stonoway arborait un superbe œil au beurre noir. Orpington aimait beaucoup ce policier solide qu'il connaissait depuis pas mal d'années.

— Eh bien! Herbert?

— Une nuit pénible, Monsieur.

— Le Bal des Poissonniers?

— Le Bal des Poissonniers, Monsieur.

— Du monde à l'hôpital?

— Seulement pour des pansements, Monsieur.

— Le plus atteint?

— L'inspecteur Newham, mais il est rentré chez lui. Il doit s'y reposer.

— Ne le dérangez pas, j'irai le voir en fin de matinée. Nous avons des clients intéressants?

— Toujours les mêmes, Monsieur. Je me suis permis de renvoyer les mères de famille, chez elles.

— Vous avez bien fait. Nous n'en avons pas besoin. Allons voir nos enragés.

Le Super défila devant les trois cellules où s'entassaient des hommes aux figures bossuées, constellées de sparadrap.

— Le Dr Watton a eu beaucoup de travail, Monsieur. Nos hommes qui n'avaient pas été mêlés à la bagarre ont servi d'infirmières. Je n'ai pas osé prendre le risque d'envoyer ce gibier de potence à l'hôpital du moment qu'il n'y en avait aucun de blessé gravement.

— Vous avez correctement agi, comme d'habitude, sergent.

— Merci, Monsieur.

Gregor était assis dans la cellule la plus éloignée de celle où avait été enfermé Loughrea. Les trois Anglais amoureux, heureux d'avoir retrouvé leurs trois Écossaises, lui tenaient compagnie. Ses trois fils entouraient Shan. Orpington dit :

— Vous êtes contents de vous?

Des grognements lui répondirent.

— Vous vous conduisez d'une manière qui est une honte pour tout être civilisé!

Gregor cria :

— Les Irlandais n'ont pas encore été civilisés!

Loughrea se rua sur les barreaux qu'il attrapa à pleines mains et secoua en suppliant le Super :

— Cinq minutes, s'il vous plaît... cinq petites minutes et j'en fais du porridge trop cuit!

— Ça suffit! Si j'en avais le pouvoir je vous enverrais tous à Dartmoor vous reposer une année ou deux dans l'espoir que la raison vous revienne! En attendant, vous allez défiler, tout à l'heure, devant le tribunal et j'espère qu'on vous y salera!

A cet instant, le policeman Edward Wooburn entra précipitamment. Il était livide. Le sergent le fixa avec sévérité :

— Eh bien! Wooburn, est-ce ainsi qu'on vous a appris à vous présenter devant vos chefs?

— C'est que... que...

— Que quoi?

— C'est... c'est très grave, sergent, et l'inspecteur n'est pas là!

Le Super intima l'ordre au policeman de se taire et ajouta :

— Suivez-moi dans mon bureau.

***

Janet Newham aimait profondément son mari, quoiqu'il eût quelquefois la main lourde et lorsqu'il était rentré, elle avait été affolée par le visage qu'il lui offrait. Maintenant, il dormait paisiblement, mais durant une grande partie de ce qu'il restait de nuit, quand elle s'était couché, elle l'avait entendu s'agiter dans son lit et murmurer des mots incompréhensibles. Sans doute, revivait-il les différentes phases de la bataille où il avait succombé. Janet préparait avec un soin particulier le breakfast de son époux. Elle avait sous son bonnet de ne pas le réveiller à l'heure habituelle. Elle estimait qu'on ne pouvait, en ces circonstances, exiger de lui sa ponctualité ordinaire. La sonnerie du téléphone la prit tellement à l'improviste qu'elle faillit lâcher son pot de marmelade d'oranges.

— Mrs Newham?

— Oui.

— Ici, le superintendent Orpington.

— Oh! Monsieur, si Michaël est en retard ce matin, c'est de ma faute, uniquement de ma faute... Il était si mal en point quand il est revenu... Ces femmes sont des monstres!

— Ne vous faites pas de mauvais sang pour ce retard que je comprends, Mrs Newham... Dans quel état est votre mari?

— Pas brillant, Monsieur le Superintendent... Tenez le voilà! C'est Mr le Superintendent, Michaël.

L'inspecteur prit le combiné.

— Newham à l'appareil... Bonjour, Monsieur.

— Comment vous sentez-vous, mon vieux?

— Un peu courbaturé... Ces femelles! de vraies harpies!

— On ne vous a pas gardé à l'hôpital?

— Tout de même pas!

— Newham... J'aurais voulu pouvoir vous dire de demeurer chez vous aujourd'hui, mais c'est impossible.

— Ah?

— Pouvez-vous venir de suite?

— Dans une demi-heure?

— Arrivez le plus vite possible.

— Qu'est-ce qu'il se passe?

— Une sale affaire, Newham.

— Ah?

— On a tué Maureen Loughrea.

CHAPITRE II

I

Le Superintendent Orpington et l'inspecteur Newham écoutaient le récit du constable Wooburn.

— Je passais devant l'entrée de Riper Lane... Il devait être 8 h environ... J'ai entendu des cris... Pas des cris de colère comme lorsque les gens se disputent... On aurait plutôt pensé à un chien hurlant à la mort... J'ai couru et j'ai vu une femme agenouillée auprès d'une autre étendue sur le dos à même le sol... J'ai demandé ce qu'il y avait... Celle qui était agenouillée m'a regardé et m'a lancé : « Pourquoi l'ont-ils tuée ?... Qu'est-ce que Maureen leur avait fait ?... La meilleure fille du monde !... Et moi, maintenant, qu'est-ce que je vais devenir ?... » Et puis, brusquement, elle s'est levée, elle s'est approchée de moi et m'a fixé dans les yeux, en disant : « Si je trouve avant vous celui qui a tué ma petite, il ne vous coûtera pas cher à nourrir. »

Le Dr Watton entra dans la pièce, bougonnant :

— Quelle faute ai-je commise pour que le Ciel ait permis qu'on m'affecte à votre secteur, Orpington? Je m'en souviendrai de votre Bal des Poissonniers! Quant à votre cliente, on l'a étranglée après lui avoir flanqué une terrible râclée si j'en juge par l'état de son visage... Dommage, une si jolie fille... Sans doute, un galant à qui elle a résisté, mais je n'ai pas de conseil à vous donner, hein? Je rentre chez moi, me reposer un peu, prendre un bain et je file à la morgue rejoindre la pauvre gosse... Je ne pense pas que je pourrai vous en dire davantage, Super... Au revoir, gentlemen!...

Ces entretiens se déroulaient à la Riper Lane dans une des pièces occupées par les Loughrea. Orpington envoya chercher Molly qui priait, en compagnie des voisines, au chevet du lit conjugal où elle avait allongé la morte. Le Super fut impressionné par le masque tragique de Mrs Loughrea.

— Madame... Permettez-nous de vous présenter nos condoléances pour le malheur qui vous atteint vous et les vôtres... Nous allons tenter l'impossible pour mettre la main sur le meurtrier, mais vous devez nous aider.

— De quelle façon?

— En répondant à quelques questions qui nous permettront, peut-être, d'orienter notre enquête. La victime était-elle avec vous, cette nuit, au Bal des Poissonniers?

— Non.

— Pourquoi?

— Son père l'avait punie et enfermée dans sa chambre. Il doit encore avoir la clé sur lui.

— Punir une grande fille... qu'avait-elle donc fait ?

— Elle nous avait déclaré son intention de se marier.

— Et alors ?

Molly baissa la tête et chuchota, comme si elle lâchait une grossièreté :

— Avec un Écossais...

Orpington regarda Newham qui haussa les épaules.

— Parce qu'à votre avis, Mrs Loughrea, c'est une honte d'unir sa vie à celle d'un Écossais ?

— Oh ! moi... J'aurais simplement voulu que ma fille soit heureuse..., mais c'est mon mari... Pensez ! un hérétique !

— J'ai du mal à vous suivre.

Elle releva la tête, surprise.

— Un homme de votre condition ignore que les Écossais sont des hérétiques ?

— Ma mère était écossaise.

— Ah ?... mais elle n'a pas épousé un Dyce, elle !

Newham intervint :

— Qui voulait épouser un Dyce ?

— Maureen... Elle était résolue à devenir Mrs Andrew Dyce.

— Ah !... — il s'adressa à son chef : — Les Dyce et les Loughrea c'est comme les Capulet et les Montaigu, autrefois à Vérone... Rivalités de métier, de prestige appuyées sur des religions et des races différentes...

(il revint à Molly). Mais, j'y pense : je n'ai pas vu Andrew Dyce, au bal ?

— Son père avait dû le traiter de la même façon que Shan, sa fille.

Orpington reprit la direction du débat.

— Voyons, Madame... Vous dites que votre mari a enfermé la petite dans sa chambre et a emporté la clé.

— Je l'ai vu.

— Par quel miracle, alors, Maureen Loughrea a-t-elle été assassinée dehors ?

— C'est justement ce que je ne comprends pas...

— Newham, il serait intéressant de savoir si le nommé Andrew Dyce est, lui aussi, passé à travers les murs... ou plus simplement par la fenêtre pour rejoindre sa bien-aimée. Auquel cas, nous aurions de très sérieuses explications à lui demander.

Le sergent Stonoway se présenta.

— Je n'ai rien appris aux prisonniers, mais je les ai interrogés rapidement pour tenter de savoir si l'un d'eux s'était absenté du bal, cette nuit.

— Eh bien ?

— Tous ont quitté la salle à un moment ou à un autre et aucun n'a été capable de me fixer exactement sur la durée d'absences ayant pour motifs essentiels le soulagement de besoins naturels ou le désir de respirer.

— Remettez tous ces gens en liberté en les convoquant pour demain 8 h devant le tribunal. Toutefois, gardez-moi au frais les Dyce et les Loughrea. Je vais leur dire deux mots.

***

Les participants du Bal des Poissonniers rentrèrent chez eux et, avant de gagner le lit où ils allaient passer une grande partie du week-end pour se remettre de leurs blessures et courbatures, ils déclarèrent unanimement qu'ils avaient vécu une sacrée bonne soirée. Leurs compagnes qui, souvent, s'étaient mêlées au combat, les approuvèrent et s'endormirent à leur côté en maudissant les Irlandais ou les Anglais, selon leur appartenance à l'un ou à l'autre clan.

Seuls les Loughrea et les Dyce n'avaient pas eu le droit de réintégrer leurs domiciles. Ils pensaient qu'on les tenait collectivement pour responsables du désordre nocturne et qu'en cette qualité, ils allaient sérieusement écoper devant le juge des flagrants délits. En dépit des airs de fanfarons qu'ils affectaient, ils ne se sentaient pas à l'aise. Lorsque Stonoway vint les chercher pour les conduire au bureau du Superintendent, ils n'étaient pas très fiers.

Orpington, assisté de Newham, attendait les prisonniers. Ils se rangèrent devant lui, les femmes et les hommes, puisque les trois demoiselles Dyce n'avaient pas été libérées.

— Vous devez vous douter que je ne suis pas content.

Ils ne pipèrent mot.

— Ce n'est pas digne de citoyens britanniques ou des hôtes de Sa Majesté de se conduire comme des barbares !

Ils baissèrent le nez.

— J'avais l'intention de demander au juge de vous punir sévèrement parce que j'en ai assez de vos bagarres, de vos empoignades de brutes! Si vous deviez continuer de la sorte, je ferais fermer les salles où vous vous réunissez!

Shan grogna :

— On a eu tort, d'accord... mais il ne faut pas trop noircir le tableau, tout de même! On n'a encore tué personne, hein?

Orpington regarda longuement l'Irlandais.

— Remarque malheureusement inopportune. Mr Loughrea... Dites-lui, Newham.

Ils devinèrent qu'un événement anormal allait se produire et ils se figèrent dans une attente déjà angoissée. L'inspecteur semblait gêné et cette gêne perceptible désarçonnait ces esprits rudimentaires.

— Quelque chose de moche pour vous, Loughrea... Il s'agit de votre fille.

— Maureen? Qu'est-ce qu'elle a fait?

— Vous l'aviez enfermée, paraît-il?

— Oui, et alors?

— Elle est sortie par la fenêtre.

— Elle le paiera!

— Elle a payé, Loughrea.

— Ça signifie quoi ce que vous racontez-là?

— Votre gosse a filé par la fenêtre pour rejoindre sans doute un type et... ce type l'a tuée, mon pauvre vieux!

— Quoi !

— Votre femme l'a trouvée morte. On l'avait étranglée.

Stonoway n'eut que le temps d'attraper Dyce par un bras et de le faire passer derrière lui, car les quatre Loughrea, sans se concerter, se jetaient d'un seul élan vers l'Écossais. Sur un coup de sifflet de l'inspecteur, les renforts arrivèrent et séparèrent les adversaires. Orpington avait horreur qu'on lui manquât de respect et se conduire ainsi dans son propre bureau, était un affront insupportable.

— Silence ! Loughrea, si la mort tragique n'excusait pas en partie, en partie seulement, votre attitude, je vous ferais boucler pour quarante-huit heures avec vos fils !

Fiona cria :

— Et vous agiriez sagement !

Le Super hurla :

— Je n'ai pas besoin de votre approbation, Miss ! Taisez-vous !

Shan s'approcha d'Orpington.

— Mais vous ne comprenez donc pas que c'est le fils de cette canaille d'Écossais qui a tué ma petite ?

Dyce protesta :

— Une accusation qui va vous coûter cher, salaud d'Irlandais ! Il y a des témoins ! Je vous obligerai à donner jusqu'à votre chemise ! Mon fils s'en fichait pas mal de votre fille.

— Il lui courait après !

— Dites plutôt qu'elle ne le laissait pas tranquille! Elle voulait échapper au milieu où elle vivait! Elle espérait qu'Andrew l'en sortirait!

Patrick intervint :

— Dyce, si j'étais vous, je conseillerais à votre rejeton de ne pas rencontrer l'un de nous, sinon vous irez le chercher à l'hôpital!

Seamus renchérit :

— Plutôt à la morgue!

Elspeth fondit en larmes.

— Et moi qui vous prenais pour un gentleman...

Fiona ricana.

— Vous connaissez des Irlandais qui soient des gentlemen?

Seamus furieux, s'emporta :

— Et des Écossaises qui ne soient pas des p...?

Ce fut au tour de Gregor de vouloir se colleter avec celui qui insultait ses filles. Stonoway dut intervenir à nouveau. Orpington s'adressa à Newham :

— Ils sont fous ou quoi?

L'inspecteur haussa les épaules

— Ils aiment s'engueuler. C'est leur sport favori et il ne coûte pas cher. Et puis...

— Et puis?

L'inspecteur murmura :

— Je crois qu'ils ont de la peine.

Le chagrin semblait triompher de la violence, les larmes des injures lorsque le constable Wooburn introduisit Andrew Dyce.

— Je l'ai trouvé chez lui, Monsieur. Il dormait et n'a fait aucune résistance. Je crois qu'il n'est pas au courant.

Andrew s'adressa au Super :

— Au courant de quoi?

— De la mort de Maureen Loughrea.

— Ce n'est pas vrai!

— Hélas! si...

— Mais... mais quand je... je l'ai quittée... elle se portait très bien... Nous devions nous revoir ce soir.

— Elle ne se doutait pas que quelqu'un s'apprêtait à l'étrangler.

— A l'étran... Maureen... Ma pauvre petite Maureen...

Shan rugit :

— Ne parlez pas ainsi de ma fille, espèce d'assassin!

Seamus et Patrick menacèrent Andrew des pires représailles. L'Écossais tourna vers Orpington un visage incompréhensif.

— Qu'est-ce qu'ils racontent?

— Ils vous accusent d'être le meurtrier de Maureen Loughrea.

— Ils sont stupides... Maureen et moi, nous étions décidés à quitter Londres si nos parents persistaient dans leur haine imbécile... Nous nous aimions, vous comprenez, Monsieur? Nous nous aimions... et maintenant qu'elle n'est plus là moi aussi je n'ai plus envie de vivre... Dites, pourquoi l'a-t-on assassinée?

— C'est ce que nous désirerions établir.

Shan offrit une explication.

— Vous vous êtes sans doute mal conduit avec elle — je connais les mœurs dépravées des Écossais — elle se sera défendue, vous l'aurez frappée et pour l'empêcher de crier...

Andrew répondit sans colère à l'Irlandais :

— Taisez-vous, Shan Loughrea... Vous ne savez plus ce que vous dites... J'aimais votre fille plus que tout au monde, je vous le répète et je la respectais comme on respecte la mère de ses futurs enfants... Devant Dieu, je jure que je ne suis pour rien dans la disparition de ma fiancée.

— Je vous interdis de la nommer votre fiancée.

— Je n'ai nul besoin de votre permission, désormais.

Ses fils retinrent Shan qui voulait absolument se colleter avec Andrew. Le Super gronda :

— N'abusez pas de ma patience, Loughrea. C'est là un conseil que vous devriez méditer. Andrew Dyce, expliquez-nous de quelle façon, la victime vous a retrouvé, cette nuit?

— Mon père m'avait interdit de me rendre au Bal des Poissonniers. Je m'y suis toutefois risqué en prenant des précautions. J'ai aperçu la famille Louhgrea, mais pas Maureen. Alors, je suis allé à la Riper Lane et j'ai constaté que la fenêtre de la chambre de ma fiancée était éclairée... J'ai sifflé. Elle s'est montrée et m'a expliqué que son père l'avait enfermée... Étant au premier étage, ça ne lui a pas été difficile de sortir, d'autant plus que je l'ai aidée... Après, nous sommes allés nous promener.

— Pendant combien de temps?

— Je ne me rappelle pas... Les heures passent si vite quand on est ensemble... De loin, nous avons entendu le bruit de la bagarre... Alors, nous sommes repartis pour une nouvelle balade... Enfin, je l'ai raccompagnée jusqu'à sa porte...

— Comment espérait-elle rentrer?

— Les Loughrea ont deux clés dont l'une demeure toujours dissimulée dans un trou du couloir.

— Et pour réintégrer sa chambre?

— Elle ne voulait pas y retourner. Elle était décidée à abandonner les siens sur-le-champ s'ils continuaient à s'opposer à notre mariage et à se réfugier auprès du Père Fitzpatrick en attendant qu'il nous marie.

Gregor remarqua à haute voix :

— Ces prêtres sont dignes de la fausse religion qu'ils professent! Andrew, nous nous expliquerons à la maison.

— Pas question d'explication, père, et si vous essayez de me frapper, je vous fends le crâne avec ce qui me tombera sous la main, prenez-y garde! Je vous tiens pour responsable de la mort de Maureen, au même titre que cette outre de whisky qu'est Shan Loughrea!

La mêlée, cette fois, fut évitée de justesse et Wooburn fit connaissance avec les ennuis du métier, en encaissant un coup destiné à l'Écossais. Ainsi, il perdit sa première dent au service de Sa Majesté.

*
* *

Par mesure de précaution, Orpington les libéra les uns après les autres, Andrew partit d'abord, ensuite les filles de Dyce et leur père, longtemps après les Loughrea. Gregor était tellement bouleversé par la révolte de son fils qu'il ne prit pas garde à ce que sa dernière, Alison, restait très en arrière. De leur côté, les Irlandais rentrant chez eux, ne prêtèrent pas attention à la disparition de Eamun qui, ayant aperçu sa bien-aimée guettant son passage, cachée dans l'encoignure d'une porte, la rejoignit. Ils s'étreignirent longuement, puis se dégageant un peu, Alison chuchota :

— J'ai un gros chagrin pour Maureen...

— Je vous jure que je trouverai celui qui a fait ça.

— Vous ne croyez pas que c'est Andrew, n'est-ce pas ?

— Non.

— Pourquoi ?

— Parce que je vous aime.

Les amoureux ont une logique qui ne respecte guère les règles enseignées par Descartes. Alison rassurée, Eamun convaincu, ils repartirent, confiants dans un avenir qu'ils aborderaient côte à côte.

***

Un silence total régnait chez les Loughrea, silence que troublaient seulement les pas furtifs des visiteurs venus bénir le corps de Maureen et le chuchotement feutré des consolations. Molly ne quittait pas le chevet de sa fille. Les hommes, réunis dans la pièce voisine, n'échangeaient que peu de mots. Brusquement, Seamus annonça :

— Il faut laisser aux femmes le soin de réciter des prières, nous, on doit découvrir l'assassin!

Patrick approuva son cadet.

— Ce sera notre façon à nous de prier!

— Il n'y a qu'à coincer Andrew, ce soir... et on lui tordra le cou.

Eamun remarqua :

— Et vous irez finir vos jours à Dartmoor!

— On agira en douce!

— Tiens donc! sitôt qu'on aura retrouvé le corps de l'Écossais ou simplement constaté sa disparition, vous pouvez être certains que les flics rappliqueront ici en premier lieu et vous n'êtes pas de taille à leur tenir tête, sans compter qu'Andrew n'est sûrement pas coupable.

Patrick s'indigna :

— Voilà que vous défendez cet Écossais, maintenant!

— Notre sœur a été victime d'un meurtre, pourquoi en commettrions-nous un, nous aussi? Andrew doit être innocent.

— Qu'en savez-vous ?

— Il aimait Maureen...

— Ça ne prouve rien !

— ... et Maureen l'aimait... Il ne me viendrait pas à l'esprit d'étrangler Alison Dyce.

— Parce que vous allez continuer à fréquenter cette fille ?

— Nous nous marierons.

— Vous n'êtes pas dégoûté !

— Ne pensez-vous pas, Patrick, que Seamus et vous, êtes un peu fous de renoncer aux filles qui vous plaisent sous prétexte que vous soupçonnez leur frère ?

— Nous, on a le sens de l'honneur !

Shan donna son avis, d'une voix trempée de larmes.

— C'est moi qui ai tué Maureen... Si je l'avais laissée tranquille... si seulement je ne m'étais pas mêlé de ses histoires personnelles... Pourquoi je l'ai enfermée, hein ? Vous pouvez me le dire pourquoi ? Je ne suis qu'un vieil ivrogne qui n'est plus capable de mettre deux idées à la suite l'une de l'autre... Je vous le jure, les gars, je vais crever de chagrin ! Je ne mérite pas autre chose ! Et quand je serai mort, je veux qu'on jette mon cadavre à la voirie, avec les ordures, car c'est là ma vraie place !

Ce désespoir véhément frappait de stupeur ceux qui en étaient témoins et qui ne pouvaient en juger l'outrance, étant de cœur trop sensible. Molly, attirée par l'écho de cette tragique confession, vint voir ce qu'il se passait. Fermée, hostile, elle écouta les explications émues fournies par son fils aîné. Lorsque Patrick eut terminé, Mrs Loughrea haussa les épaules et dit, méprisante :

— Arrangez-vous pour qu'il se conduise décemment au moins une fois dans sa vie ! Et donnez-lui du whisky si cela doit l'obliger à se taire.

Quand elle eut disparu, Seamus alla chercher la bouteille d'alcool et la déposa, avec un verre, devant le père effondré. A travers ses larmes, un sourire éclaira le visage mouillé de Shan quand il reconnut le flacon et, incontinent, il se mit en devoir d'apaiser la violence de ses remords sous des flots de whisky.

* * *

Chez les Dyce, l'atmosphère n'était pas plus gaie que chez les Irlandais. Mona, plus discrète que jamais, s'affairait aux préparatifs d'un repas dont elle savait, par avance, qu'on n'y ferait guère honneur. Les trois filles l'aidaient avec mollesse dans sa tâche. Elles reniflaient leurs larmes pour ne pas irriter leur père. Sans doute éprouvaient-elles de la peine pour l'affreuse disparition de Maureen, mais elles en ressentaient plus encore en se rappelant leur rupture récente avec leurs sweetharts irlandais. Gregor, assis dans son fauteuil à bascule, ne réussissait pas à chasser de sa mémoire le joli sourire de Maureen Loughrea. Pour soulager sa conscience, il remarqua à haute voix :

— On ne peut pas en vouloir à la pauvre Maureen

d'être née dans une famille irlandaise qui serait mieux à sa place au bagne que parmi les honnêtes gens et j'ose dire que Maureen Loughrea était quelqu'un de bien.

Andrew qui demeurait immobile, prostré sur une chaise, dans un coin près de la fenêtre, ricana :

— C'est pour ça que vous ne vouliez pas que je l'épouse, hein? Vous la détestiez comme vous détestez tous les Irlandais! Vous vous rendez au Temple, mais votre cœur est plein de haine et cette haine vous y tenez parce qu'elle vous empêche de prendre conscience de votre médiocrité!

Gregor avait blêmi jusqu'aux lèvres. Il se leva en chancelant un peu et gronda :

— Continuez sur ce ton, Andrew, et je vous expédie à l'hôpital!

— Ça ne vous suffit pas d'avoir envoyé Maureen à la morgue?

— Vous osez, fils dénaturé!

— C'est vous et Shan Loughrea qui êtes responsables de ce meurtre et vous le savez! Et quand je dis « responsables » c'est que je ne veux pas penser que vous l'avez peut-être commis!

— Moi!

— Avouez que vous seriez encore capable, en 1972, d'envoyer les catholiques au bûcher et surtout quand ils sont irlandais! Vous êtes prêt à n'importe quelle injustice pour protéger la pureté écossaise de votre sang!

Gregor attrapa la canne dont il se servait quand les rhumatismes raidissaient sa jambe gauche et se précipita sur son fils qui arracha des mains de Fiona le couteau dont elle usait pour peler les pommes de terre. Les femmes hurlèrent et se divisèrent en deux camps qui s'accrochèrent l'un et l'autre aux vêtements des adversaires, les paralysant. Ecœuré, Andrew jeta son arme sur la table et sortit tandis que ses filles et sa femme ayant réinstallé Gregor dans son fauteuil à bascule, dénouaient sa cravate, lui ôtaient ses chaussures et lui apportaient du whisky.

2

Le Superintendent résumait la situation pour l'inspecteur qui était chargé de découvrir le meurtrier de Maureen Loughrea.

— Une chose m'apparaît évidente, Michaël, nous ne sommes pas en présence d'un crime crapuleux au sens où on l'entend généralement, mais bien plutôt d'une vengeance, sinon pourquoi se serait-on acharné sur le visage de la victime? Le docteur croit que les coups ont été assénés — du moins quelques-uns — avant la mort, mais il n'en est pas certain. Personnellement, je n'en suis pas sûr non plus. Voilà la façon dont je vois les choses : celui qui en voulait aux Loughrea en général ou à Maureen en particulier, a rencontré la jeune fille au moment où elle regagnait sa demeure et il l'a étranglée. Lorsqu'elle a été morte, il a un peu perdu la tête et a frappé ce visage qui ne sentait plus rien dans le seul but d'en détruire la beauté. C'est pourquoi, mon vieux, les choses vont se compliquer, car j'estime que nous avons affaire à un fou et dans ce cas, cet assassinat serait à mettre au compte du hasard et n'aurait donc aucune relation avec l'animosité séparant les Loughrea et les Dyce. Qu'en dites-vous ?

— Je n'ai jamais beaucoup aimé le recours aux malades... Je sais, évidemment, que cela arrive. Toutefois, le plus souvent c'est une excuse quand on ne parvient pas à connaître les mobiles d'un meurtre. Contrairement à vous, Monsieur, j'estime que les sentiments que se portent mutuellement les Loughrea et les Dyce suffisent à expliquer la mort de Maureen Loughrea.

— Vraiment, Newham, vous jugez qu'ils se détestent assez pour en arriver à une pareille extrémité ?

— Pour moi, Monsieur, cela ne fait pas de doute. Attention ! Je ne dis pas que le meurtrier avait l'intention de tuer Maureen, mais qu'ayant eu l'occasion de le faire, il l'a fait.

— Pourquoi cette haine aveugle ?

— Oh ! vous savez, Monsieur, ce sont des gens simples, aux élans primaires... Gregor Dyce et Shan Loughrea, alcooliques aux colères brutales autant qu'inattendues, se battent pour le plaisir de se battre et cette espèce d'entraînement qu'ils s'imposent depuis des années leur a durci les muscles s'il ne leur a pas aéré le cerveau. Voyez-vous, ce qui m'étonne c'est qu'ils n'aient pas encore tué quelqu'un dans leurs incessantes bagarres, tant ils sont devenus brutaux et insensibles aux coups. De plus, Dyce et Loughrea appartiennent à des religions différentes et ils choisissent ce prétexte afin de donner une apparence de justification à leurs combats. Enfin, à Billingsgate Market, ils sont rivaux, chacun commande des équipes de porteurs et chacun ne cesse de tenter de débaucher ceux de son adversaire.

— Je vous accorde que cette lutte de préséance, que ce faux zèle religieux et l'abus de whisky peuvent éclairer le comportement des Dyce et des Loughrea, mais pour quelles raisons s'en prendre à Maureen qui ne devait pas boire et se fichait sûrement du nombre de porteurs que son père avait sous sa coupe ?

L'inspecteur alluma une cigarette, en tira quelques bouffées avant de répondre :

— Personnellement, je pense que Maureen n'a pas été tuée par hasard. C'était elle et seulement elle que le meurtrier voulait étrangler.

— Pour quelles raisons ?

— Parce qu'elle menaçait de déshonneur aussi bien les Dyce que les Loughrea.

— Déshonneur ?

— En épousant Andrew Dyce, elle humiliait les siens et elle bafouait les Dyce.

— Dans ce cas, Andrew était également coupable ?

— Il est plus facile d'étrangler une fille qu'un gars aussi costaud que son fiancé écossais.

Ce fut au tour du superintendent de rester un instant silencieux. Il profita de ce répit pour bourrer sa pipe et l'allumer.

— Alors, à votre avis, Michaël, le coupable vient de chez les Dyce? Et comme, a priori, il n'est guère susceptible de soupçonner une femme, ni Andrew qui n'avait aucune raison de tuer sa bien-aimée, il ne reste que Gregor Dyce. C'est votre avis?

— Pardonnez-moi, Monsieur, mais c'est un tout petit peu moins simple que cela. Votre erreur, si je puis me permettre, tient à ce que vous ne pouvez vraiment comprendre ce qu'est réellement la mentalité de ces gens-là. Ils ont peu d'idées, mais ils y tiennent surtout si elles sont en opposition avec celles communément admises. On peut supposer que la colère de Shan Loughrea ne le cédait en rien à celle de son vieil ennemi, quand il a su que sa fille unique envisageait d'épouser le fils de celui-ci. N'oubliez pas que le sergent Stonoway nous a appris qu'au cours du bal, avant le déclenchement de la bagarre, tous ceux qui nous intéressent avaient quitté les lieux à un moment ou à un autre. Imaginez, Monsieur, qu'un des frères Loughrea ou le père, Shan, revenant chez lui, ne fût-ce que pour voir comment se comportait leur sœur ou fille, l'ait aperçue au retour de sa promenade amoureuse. N'oublions pas que les Loughrea et les Dyce étaient terriblement excités et prêts à en venir aux mains avec n'importe qui. L'un d'eux a pu vouloir infliger une correction à Maureen et le whisky plus la colère pourraient expliquer le malheur. Cela est également valable pour Gregor Dyce. Il ne nous est pas interdit de penser encore que Maureen ayant voulu reprendre sa parole par peur du scandale déclenché, ce soit Andrew le coupable dans une crise d'amour déçu.

Désappointé, le Super soupira :

— Et c'est ce que vous appelez une opinion ? Après un quart d'heure de discussion, nous ne sommes pas plus avancés qu'avant... Bon, eh bien ! il faut repartir du début et s'occuper de tous les suspects.

— D'accord, Monsieur ; je vais tâcher de joindre Andrew Dyce et l'obliger à vider son sac.

*
* *

L'inspecteur Newham était très au courant des mœurs des Loughrea et des Dyce. Il savait que l'après-midi, après une sieste compensant la brièveté de leurs nuits (ils commençaient à l'aube quelle que soit la saison) ils erraient sur les quais et selon la température se perdaient en longs conciliabules, ou étendus au soleil, ils regardaient le trafic sur la Tamise, en attendant l'ouverture des pubs et la traditionnelle partie de fléchettes vespérale. Le hasard servit le policier puisqu'il rencontra les trois frères Loughrea du côté de l'Administration des Douanes. Ils déambulaient, les mains dans les poches, un gros brassard noir au bras. A la vue de Michaël, ils se serrèrent spontanément les uns contre les autres comme pour offrir un front uni à l'assaut qu'ils devinaient. Ils n'aimaient guère Michaël et pas mal de bagarres déjà les avaient opposés.

— Salut! les Irlandais...

— Salut! Inspecteur...

— On n'a pas toujours été d'accord, vous et moi, ça n'empêche pas que la manière dont on a traité votre sœur, c'est drôlement moche.

Patrick, en tant qu'aîné, parlait aussi au nom de ses frères.

— Plutôt, oui.

— J'espère que vous souhaitez le châtiment du coupable?

— Et comment!

— Alors, aidez-nous à lui mettre la main dessus.

Loughrea secoua la tête.

— C'est pas possible, Inspecteur.

— Et pourquoi?

— Parce que ce qu'il a fait à Maureen, ce salaud, il n'y a que nous qui puissions lui en demander compte.

— Vous ne prétendez tout de même pas vous substituer à la police?

— Faut nous comprendre, Inspecteur. Si vous l'arrêtez, ce type, le pire qu'il puisse lui arriver, ça sera d'aller vivre une douzaine d'années en prison. Pour nous, c'est pas suffisant. On tient à le tuer, mais avant on veut qu'il la déguste, qu'il la savoure, sa mort, vous pigez?

— Oh! parfaitement!... J'aurai donc le regret de vous mener ensemble devant les juges de Old Bailey qui vous enverront à Dartmoor d'où vous ressortirez — si vous en ressortez — vieux et plus bons à rien. Pendant ce temps, vos parents seront morts dans une solitude totale. Vous trouvez ça intelligent?

— Je sais pas si c'est intelligent, mais c'est comme ça qu'on fera, que ça vous plaise ou non.

— Après tout, vous êtes majeurs, hein? En attendant que je vous passe les bracelets avec une présomption de meurtre sur les reins, pourriez pas me tuyauter sur l'endroit où je pourrais rencontrer Andrew Dyce? L'auriez pas vu dans les parages?

— Vous le cherchez?

— Un peu, oui!

— Nous aussi, figurez-vous...

Et sans plus se soucier du policier, les trois Irlandais reprirent leur balade désenchantée.

Le Bon Dieu qui doit préférer les représentants de la justice légale aux vengeurs de tout poil, s'arrangea pour guider Andrew Dyce sur le chemin de Newham. Les deux hommes se rencontrèrent dans Fish Hill Street. L'Écossais qui ne se savait pas soupçonné de l'assassinat de Maureen, n'avait aucune raison d'éviter l'inspecteur. Il le salua en portant un doigt à sa casquette lorsqu'ils furent sur le moment de se croiser, mais, Michaël, au passage, attrapa le garçon par le coude.

— On peut bavarder une minute ?

— Pourquoi pas ?

— Rien d'urgent à faire ?

— Maintenant, je n'aurai plus jamais rien d'urgent à faire, Inspecteur.

Ils avancèrent de quelques pas en direction du Monument sans mot dire, puis le policier demanda :

— Maureen Loughrea vous aimait-elle ?

— Oui.

— Alors, pour quels motifs voulait-elle rompre avec vous ?

— Pardon ?

— Quels motifs vous a-t-elle donnés pour expliquer sa conduite ? La colère de ses parents ?

Andrew s'arrêta.

— Je ne comprends pas ce que vous me dites, Inspecteur.

Newham passa son bras sous celui du jeune homme et l'obligea à repartir.

— Mon vieux, quand on est pris, le plus simple est encore de tout avouer. La franchise produit un excellent effet sur les juges.

L'Écossais se dégagea d'un geste brutal et cria :

— Mais qu'est-ce que vous racontez, à la fin !

— Je vous répète que je ne demande qu'à comprendre pourquoi vous avez cru nécessaire d'étrangler Maureen Loughrea ?

Andrew demeura un instant immobile et Newham recula légèrement afin d'être prêt à soutenir l'assaut qu'il prévoyait. Cependant, contrairement à son attente, le jeune homme se contenta de secouer la tête et de murmurer d'une voix lasse :

— Ainsi, vous êtes aussi bête que les autres...

— Vous préférez jouer la carte de l'innocence? A votre guise, toutefois je vous préviens que c'est plus dangereux.

— Qu'est-ce que vous voulez que ça me foute?

— Écoutez-moi, Dyce! Vous aimiez Maureen Loughrea, d'accord. Elle croit vous aimer, toujours d'accord. Seulement, quand il est mis au courant de ses amourettes, papa Loughrea se fâche et les frères font chorus. Alors, la petite prend peur. Sommée de choisir entre vous et les siens, elle hésite et, de plus, elle n'ignore pas que votre père s'opposera de toutes ses forces à votre union, en bref qu'elle va perdre sa famille sans en gagner une nouvelle pour autant. Obligée de subir cette épreuve pénible, elle se rend compte que sa tendresse à votre égard ne va pas jusqu'à accepter de jouer les parias. Elle vous l'avoue lorsque vous venez la chercher pendant le bal. Durant votre promenade nocturne, vous tentez de la faire revenir sur sa décision. Elle s'y refuse. Vous ne parvenez pas à vous persuader que c'est fini entre vous deux. Vous la raccompagnez. Au moment de vous séparer, vous tentez un ultime effort en vue de regagner le terrain perdu. Vous la prenez dans vos bras. Elle se débat. Vous luttez. Elle s'apprête à crier, vous lui serrez le cou, pas dans le but de la tuer, bien sûr, seulement pour l'obliger à se taire. Vous êtes costaud, vous serrez trop fort et voilà... Il n'y a plus de Maureen Loughrea et vous avez un cadavre devant vous. La fureur vous affole. Vous lui en voulez de cette mort imbécile qui vous prive d'elle et risque de vous priver à jamais de votre liberté. Vous perdez la tête et vous frappez cette malheureuse dépouille en aveugle, en forcené. Quand vous reprenez votre sang-froid, vous vous sauvez... Qu'est-ce que vous en pensez?

— Ce que j'en pense, Inspecteur? Vous avez beaucoup d'imagination et une imagination sordide... A un autre moment, personne n'aurait pu m'empêcher de vous casser la figure.

— On aurait peut-être été deux, vous ne croyez pas?

— Possible... Plus rien à me demander?

— Pas pour l'instant.

— Dans ce cas, adieu!

— Non, Dyce, au revoir... Nous n'allons pas tarder à nous rencontrer de nouveau, mais je crains pour vous que ce ne soit dans des circonstances plus pénibles.

Andrew tourna le dos sans répondre et repartit du côté du fleuve.

*
* *

Ce fut Seamus qui montra l'Écossais à ses frères.

Il chuchota :

— Regardez donc qui est là-bas...

Ils se trouvaient au-delà du pont de la Tour. Assis le plus près possible de l'eau, Andrew contemplait le courant entraînant tous les détritus imaginables vers la mer. Fasciné par le silence sans heurt de ce mouvement qui ne s'arrêtait pas, l'Écossais sombrait dans une sorte de somnolence. Il en fut tiré par la sensation d'une présence hostile derrière lui. Il se retourna et vit les trois Irlandais. Sans élever la voix, il se contenta de dire :

— Ah! c'est vous...

Patrick se détacha de ses frères.

— Vous vous doutez pourquoi nous sommes après vous depuis ce matin?

— Non.

— Vraiment?

— A moins que vous ne pensiez comme l'inspecteur?

— Et qu'est-ce qu'il pense l'inspecteur?

— Que j'ai assassiné votre sœur.

— C'est en effet ce que nous pensons et la raison pour laquelle nous allons vous tuer.

— Ici?

— Non, dans un endroit où nous ne serons pas dérangés. Nous vous laisserons une toute petite chance puisque nous serons trois contre un.

Andrew se leva.

— Je veux bien vous suivre où vous voudrez, mais je ne me battrai pas.

— Pourquoi ?

— Parce que je me fous de ce qui peut m'arriver, vous comprenez ? Sans Maureen, je n'ai plus envie de vivre... Pour qui je travaillerais puisqu'elle est morte ?

Au grand désarroi des autres, l'Écossais fondit en larmes et les Loughrea se regardèrent, gênés. Eamun, le premier, comprit. Il s'approcha d'Andrew et passa fraternellement son bras sur ses épaules.

— Je vous crois... Vous aimiez Maureen et elle vous aimait... Je suis sûr que vous n'avez rien à vous reprocher et si quelqu'un s'avise de vous jouer un mauvais tour, je serai à vos côtés.

— Merci, Eamun... Je souhaite, pour elle, que vous aimiez Alison comme j'aimais votre sœur... Vous aurez, je l'espère, plus de chance que nous.

Ni Patrick ni Seamus n'étaient des tendres, pourtant cette peine profonde les émouvaient. A travers les larmes de l'Écossais, ils revoyaient les jolis visages perdus de Fiona et d'Elspeth... N'avaient-ils pas été stupides de se disputer avec elles ? Mais il y avait aussi la figure meurtrie de leur sœur qu'ils ne pouvaient oublier... Incapables de manifester des sentiments amicaux, à la façon d'Eamun, ils s'en allèrent. Aussi bien, l'heure d'ouverture des pubs avait sonné et en bons fils, ils filaient rejoindre leur père à *L'Eléphant et les Bretelles* pour se saouler en sa compagnie et tenter d'oublier leur chagrin. Eamun resta un instant auprès d'Andrew, puis gagna le jardin de la Tour tout proche où Alison devait l'attendre.

Elle l'attendait. Ils s'étreignirent comme s'ils ne s'étaient pas vus depuis des années ou comme s'ils échangeaient un ultime adieu en prologue à une épouvantable catastrophe devant les séparer à jamais. Quand enfin, ils parvinrent à se détacher l'un de l'autre, Eamun confia à la petite :

— Je quitte votre frère à l'instant... Les miens de frères voulaient lui faire un mauvais parti, mais je me suis rangé du côté d'Andrew.

— A cause de moi ?

— D'abord, puisqu'il me semble avoir aimé Maureen autant que je vous aime (elle se pelotonna de nouveau contre lui), ensuite parce que maintenant je suis convaincu de son innocence. Il a un chagrin, des larmes qui ne peuvent pas tromper. Même Patrick et Seamus pourtant pas des futés, ont compris, je crois. Ils l'ont laissé tranquille.

— Pauvre Andrew...

— Je devine ce qu'il souffre, le malheureux, car s'il me fallait vous perdre...

Ce furent de nouvelles embrassades, des serments réitérés et un mendiant — Timothy Chorley — choisit bien mal à propos cette minute d'extase partagée pour venir réclamer son obole.

— Allons, les amoureux, n'oubliez pas ceux qui n'ont pas eu votre chance !

L'Écossais regarda l'importun par-dessus l'épaule d'Alison.

— Foutez-moi l'camp, vous !

Le clochard se redressa.

— Vous avez le cœur sec, Eamun Loughrea! Un jour on se montrera aussi dur envers vous que vous l'êtes avec le pauvre monde!

— Vous voulez mon pied aux fesses, espèce de sale ivrogne?

Le vieux eut peur et s'éloigna remâchant une rancune qu'il ne savait pas comment apaiser. Traînant ce qui lui servait de chaussures, notre homme remontait Harp Lane lorsqu'il s'arrêta, plein de convoitise, devant *Le Casque et la Rose* où, hélas! son crédit était mort. Soudain, le dieu des ivrognes lui souffla que Gregor Dyce tenait assises dans ce pub et qu'il se fendrait peut-être d'un verre si on lui apprenait la façon dont sa fille se conduisait. Un verre ou un coup de poing sur la gueule... Incertain, Chorley hésitait, mais il avait tellement soif...

Sitôt que Timothy eut poussé la porte du pub, Reginald Banbury, le patron, lui fonça dessus pour le jeter dehors à une vitesse supra-sonique.

— Attention! Banbury, vous commettez une erreur! je ne suis pas là en qualité de client, mais en qualité de messager.

— Vraiment?

— Je dois parler à Gregor Dyce, j'ai une communication pour lui.

— Si vous mentez...

— Je ne mens pas!

— Vaudra mieux pour vous... Hé! Dyce! quelqu'un qui désire vous parler...

L'Écossais arriva et le patron, dégoûté, lui montra Timothy du menton.

— C'est lui...

Et il retourna à son comptoir. Timothy ne s'était trompé qu'en partie dans la supputation de son salaire. En effet, lorsqu'il eut révélé à Dyce qu'il avait vu sa fille échanger des baisers passionnés avec le cadet des Loughrea, il crut avoir la mâchoire en morceaux tant fut violent le coup que Gregor lui asséna et qui l'envoya rouler dans la sciure (dont Bandury avait l'habitude de parsemer largement son parquet pour pallier les épanchements intempestifs) avant de le relever et de lui offrir un verre.

Une heure plus tard, lorsque Alison, chaude encore des baisers de son sweethart et pleine de projets que le mariage conditionnait inévitablement, rentra, elle trouva sa famille enfermée dans un silence de mauvais augure. La jeune fille était trop heureuse pour s'attacher à des impressions désagréables. Vive, légère, elle embrassa sa mère et s'apprêtait à en faire autant avec son père, mais ce dernier la repoussa brutalement :

— Arrière, éhontée! impudique! Attendez un peu, je vais vous chasser le vice du corps, moi!

Épouvantée, Mona gémit :

— Gregor... je vous en supplie!

— Feriez mieux de vous taire, bonne à rien! Si

cette petite garce est comme elle est, c'est de votre faute, vous n'avez pas su l'élever!

Ayant attrapé sa canne, Dyce revenait vers sa fille, bien décidé à la corriger, mais, stupéfait, il vit Andrew se dresser, tisonnier au poing, entre Alison et lui.

— Essayez seulement de la toucher et je vous assomme, espèce de malfaisant! Vous osez dire à ma mère qu'elle n'a pas su remplir son devoir? Mais vous qui ne songez qu'à boire et à vous battre, quel exemple nous avez-vous donné? A cause de vous, à cause de votre stupidité, une jeune fille est morte... une jeune fille que j'aimais et qui m'aimait... une jeune fille comme je n'en retrouverai plus...

A la stupeur générale, Mona, puisant dans l'attitude de son fils un courage dont elle ne se serait jamais crue capable fonça à la rescousse :

— Andrew a raison, Gregor! Vous êtes une ignoble brute! Vous ne savez que boire, injurier et frapper! Levez la main sur Alison, espèce de père dénaturé et sur la Bible, je vous promets que tous ensemble nous vous flanquons une râclée dont vous ne perdrez jamais le souvenir!

Écrasé par cette révolte inattendue, par cette alliance qu'il tenait pour monstrueuse et inique, Gregor Dyce se laissa tomber dans son fauteuil, incapable de réagir. Il ne sortit de sa torpeur au bout de quelques minutes que pour crier :

— Tout ça, c'est la faute des Irlandais!

Sur ce, il s'en alla, déclarant que sa famille l'écœurait et qu'il lui préférait ses copains du *Casque et la Rose.*

*
* *

Le whisky avait triomphé de la sagesse, fragile parce que récente, de Patrick et de Seamus Loughrea qui, à la sixième tournée, partageaient les vues de leur père quant à l'indiscutable culpabilité des Dyce. Brusquement, Shan interrogea le patron de *L'Eléphant et les Bretelles.*

— Liam, vous êtes un homme, pas vrai?

— Du moins, c'est ce que ma sainte mère m'a assuré.

— Si des sacrés bon Dieu de bâtards d'hérétiques Écossais vous tuaient votre fille, qu'est-ce que vous feriez?

Liam Ballinagh était un gros, paisible, qui ne recherchait pas les querelles, mais ne les fuyait point quand il ne pouvait les éviter. Il ne craignait pas davantage la bagarre, toutefois lorsqu'elle dépassait les limites que sa sagesse lui assignait, il sortait de sous son comptoir une batte de cricket avec laquelle, ultime argument, il mettait les adversaires à la raison.

— Je commencerais par me renseigner pour savoir si ce sont bien eux les coupables.

— Et si vous en étiez aussi sûr que de la présence de vos mains au bout de vos bras?

— Je ne voudrais pas me montrer plus méchant que je ne suis, Shan, mais je crois que je leur boirais le sang après les avoir gentiment étripés pour la plus grande gloire du Seigneur et de notre foi.

Loughrea s'adressa alors à ses deux fils :

— Vous avez entendu ?

Seamus, complètement rond, s'enquit :

— Qu'est-ce qu'on attend ?

Ému, l'Irlandais considéra ses garçons, puis s'adressant aux autres consommateurs :

— Des garçons comme on n'en fait plus !

Ils burent une ultime tournée au moment de quitter le pub en déclarant que pour le repos de l'âme de Maureen Loughrea ils allaient rosser Gregor Dyce et sa bande d'Écossais. On les regarda partir avec commisération. Certains même se découvrirent, et tous ensemble, guidés par la belle voix de baryton de Liam Ballinagh, ils entonnèrent :

« *Je chanterai ton nom, Dieu Très-Haut !*
Mes ennemis reculent,
Ils chancellent, ils périssent devant Ta face
Car tu soutiens mon droit et ma cause... »

L'écho prolongé du Psaume chanté à pleine gorge et une conviction puisant sa force dans le whisky, aida les Loughrea à franchir la courte distance qui les séparait du *Casque et la Rose* dont ils poussèrent la porte d'un coup de pied avant de glapir face à une clientèle sidérée :

« *Tu châties les nations, tu détruis les méchants,*
Tu effaces leur nom pour toujours et à perpétuité
Plus d'ennemis ! des ruines éternelles ! »

Pleins d'un enthousiasme juvénile, les Loughrea assommèrent proprement le propriétaire du pub, Reginald Banbury. Les autres, n'en croyant pas leurs yeux, flottèrent un moment, indécis. Mais Gregor Dyce les rallia comme Bonnie Prince Charlie à la bataille de Culloden et ils foncèrent sauvagement sur les Irlandais qui disparurent très vite dans la mêlée.

***

Eamun et sa mère levèrent la tête alors que la porte donnant sur le palier s'ouvrait doucement bien que personne n'apparût pour autant. Ils se dressèrent, intrigués. Enfin, le pitoyable trio se montra. Mrs Loughrea joignit les mains et gémit :

— Est-ce possible, Seigneur mon Dieu?

Eamun se précipita pour aider ses deux frères en fort mauvais état et qui, eux-mêmes, soutenaient leur père incapable de marcher seul. Avec l'aide du puîné, les trois hommes prirent place sur des chaises où ils demeurèrent immobiles, statues sanglantes de la défaite. Secondée par Eamun, Molly entreprit de soigner, panser, rafistoler les nouveaux venus. Elle le fit, les dents serrées, muette et efficace. Quand elle eut terminé, elle s'adressa à Seamus, le moins abîmé :

— Qui?

— Gregor Dyce et ses Écossais du diable!

La mère se tourna vers Eamun.

— Aidez-les à se coucher... Je vais faire une course.

Le garçon se demanda pour quelles raisons, sa maman avait cru bon d'emporter le rouleau à pâtisserie.

*
* *

Quand, répondant au coup de sonnette, Grégor vit Mrs Loughrea s'encadrer sur son seuil, il en ouvrit des yeux ronds mais il n'eut pas le temps d'articuler un mot avant de recevoir le mur d'entrée sur le crâne, du moins à ce qu'il pensa. En vérité, Molly venait de lui asséner le plus formidable coup de rouleau à pâtisserie qu'elle ait jamais appliqué sur la tête de quelqu'un. Mona, ses filles et son fils, regardaient leur époux et père allongé de tout son long sur le plancher. Mrs Dice demanda doucement :

— Il est mort ?

Gênée, un peu inquiète aussi, Molly chuchota :

— Je ne pense pas.

— Ah...

Et dans un sourire, Mona s'enquit :

— Vous prendrez bien une tasse de thé ?

*
* *

Il y avait huit jours que la tendre Maureen dormait au cimetière. Le vide que son départ avait créé dans sa famille ne pouvait être comblé et ne le serait jamais. En ce dimanche après-midi, réunis autour de la théière, remède universel et souverain, les Loughrea parlaient de la disparue, la recréant avec leur amour et l'auréolant de vertus qu'elle n'avait sans doute jamais possédées. La dévotion du clan était en train d'inventer le mythe Maureen Loughrea. Shan psalmodiait son chagrin de ne pas pouvoir retourner un jour au vieux pays avec sa fille bien aimée. De là, il partit dans un long discours sur le Connemara qui avait eu l'insigne honneur de le voir naître. Cet ivrogne trouvait, miraculeusement, pour gloser sur les horizons de son enfance, une sorte de poésie naturelle sincère, qui passionnait ses fils et émouvait Molly qui revoyait, en l'écoutant, le Shan de leurs lointaines fiançailles. De sa belle voix basse, Patrick entonna : *Somewhere a voice is calling*. Bouleversés par ce chant irlandais, Shan et ses fils portèrent un toast à la mémoire de Maureen. Les verres vidés, Shan déclara avec une sincérité solennelle :

— Voilà une semaine que notre enfant chérie, votre sœur, mes fils, nous a quittés... Là-haut, si vous voulez mon avis, elle doit se demander ce que nous attendons pour la venger...

Eamun remarqua :

— Maman a assommé Gregor Dyce, l'autre soir... C'est déjà pas mal, non ?

— Eamun, j'ai toujours pensé que votre mère était quelqu'un de qualité, quelqu'un digne de moi et digne de donner le jour, avec mon aide, à des garçons tels que Patrick et Seamus... parce que vous, Eamun, il y aurait à dire sur votre comportement qui, par instant, me pousserait à renier ma paternité! J'estime que nous devons préparer le combat contre les Écossais à la façon d'un match. Pas de surprise, ni de notre côté ni du leur. Nous enverrons un défi à Dyce et lui donnerons rendez-vous pour 8 h à la salle du Bal...

***

Le Superintendent n'était pas content et ne le cachait pas à l'inspecteur Newham.

— Une semaine! Plus d'une semaine que nous enquêtons sans avancer d'un pouce...

— C'est difficile, Monsieur. Le monde de Billingsgate Market est un monde clos où l'on aime régler ses problèmes soi-même, en dehors de la police.

— Ce que nous ne saurions tolérer, Monsieur.

— Alors?

— Il faut continuer, s'acharner, surveiller, épier... La tension est certaine entre les Irlandais et les autres. Nous devons profiter de ce climat de méfiance, voire de haine. Il y en a sûrement un dont les nerfs craqueront et celui-là parlera, j'en suis persuadé. Dès cet instant, la partie sera gagnée. Faites-moi confiance, Monsieur.

— J'y suis forcé!

La sonnerie du téléphone dispensa Newham de répondre à cette remarque désobligeante.

— Hello? oui... Inspecteur Newham à l'appareil... Qui? Mrs Loughrea?

*
* *

A *L'Éléphant et les Bretelles,* Shan Loughrea, entouré d'un cercle d'admirateurs et d'assoiffés chroniques, discourait :

— Gentlemen, l'heure est grave! Vous savez le malheur qui m'a frappé et dont je demeurerai à jamais inconsolable...

(Long murmure de sympathie attristée)

— ... mais ce n'est pas une raison pour qu'un Loughrea se laisse abattre!

(Chaleureuse rumeur d'approbation)

— Nous ne pouvons pas accepter d'être réduits au rôle de paria par l'insolence de Gregor Dyce et de sa bande d'assassins hérétiques!

(Vigoureuses acclamations)

Un naïf crut bon — en toute innocence — de faire entendre une fausse note :

— Est-on certain que les Dyce soient responsables de la mort de votre fille, Mr Loughrea?

Un silence profond suivit cette question intempestive et Liam Ballinagh invoqua rapidement la Vierge pour qu'elle daignât protéger Brendan Pomeroy, l'imprudent, et son établissement. Shan marcha vers celui qui l'avait interrompu.

— Mr Pomeroy, je crois?

— En effet.

— D'où êtes-vous originaire, monsieur Pomeroy?

— De Monaghan
— Je m'en doutais!
— Vraiment?
— Mr Pomeroy, voulez-vous dire à ces gentlemen où se situe Monaghan?
— A quelques kilomètres de la frontière sud de l'Ulster.
— Et voilà!
— Voilà... quoi?
— Monsieur Pomeroy, vous êtes à moitié anglais!
— Moi!
— Oui, vous! et je ne serais pas étonné que vous soyez ici afin de nous espionner pour le compte de Gregor Dyce!
— Oh!!!
— Vous niez?
— Et comment!
— Prouvez-le?
— Je ne vois pas de quelle façon je pourrais...
— Il y en a une pourtant.
— Je serais heureux de la connaître?
— Vous allez porter notre défi à Gregor Dyce qui, pour l'heure, doit être en train de se saouler bassement au *Casque et à la Rose* chez cet empoisonneur de Reginald Banbury.
— Mais... c'est que...
— Vous refusez, monsieur Pomeroy?
— J'ai... j'ai un peu la trouille, pour ne rien vous cacher.

— Alors, vous n'êtes pas irlandais... c'est très dangereux, monsieur Pomeroy, de n'être pas irlandais dans un pub dont les Irlandais ont fait un morceau du vieux pays... très dangereux car, voyez-vous, nous traitons de très vilaine façon les gens qui se prétendent irlandais et qui ne sont pas irlandais...

— J'irai voir Gregor Dyce.

— Parfait... Qui écrit bien, ici?

Liam leva le bras.

— J'ai eu un prix d'écriture dans ma jeunesse.

— Prenez donc un papier et un crayon, je vous dicte le message.

« Chère vieille saloperie écossaise..

— Je vous demande pardon, Shan, saloperie, vous mettez un p ou deux?

— Aucune importance!

— Bon, j'en mets qu'un... Y a pas de raison de faire de cadeau aux Dyce.

« ... Par la présente, je tiens à vous affirmer que vous êtes un type abject sans ça pourquoi que vous auriez tué ma chère fille dont le petit doigt valait mieux que tous les Dyce présents, passés et futurs?

Ne pouvant maîtriser son enthousiasme, un rouquin cria :

— Ça, c'est tapé!

D'un geste olympien, Loughrea calma une exubérance inopportune.

« ... Mes fils et moi — sauf ce pauvre type d'Eamun

que si je respectais pas Mrs Loughrea, je croirais jamais qu'il est de moi — nous aurons l'honneur de vous casser la figure à vous et à vos amis au cas où il y en aurait à qui ça plairait de se mêler à notre divertissement... Dans cette hypothèse, mes copains ils rappliqueraient également. J'espère une réponse sincère aussi vite que possible. En l'attendant, Mr Dyce, je vous salue pas et je vous dis que j'aurai beaucoup de plaisir à démolir votre sale gueule de bouffeur de haggie. Mon messager voulait pas vous rendre visite parce que rien que de voir un Écossais ça lui flanque de l'urticaire. Une allergie, comme on dit. J'ai dû l'obliger. Shan Loughrea, pour pas vous servir. »

Brendan Pomeroy faillit se risquer à souligner que la remarque le concernant n'était pas pour lui faciliter son ambassade, mais il n'osa pas. Il prit le billet des mains de Shan qui venait de le signer et s'en fut, la mort dans l'âme, en se promettant que, dorénavant, il ne parlerait plus qu'il n'y soit invité.

Moins d'une demi-heure plus tard, alors que Shan était en train d'expliquer à Liam qu'il ferait sûrement fortune s'il lui consentait un crédit illimité et que, sous prétexte qu'un type n'avait pas un shilling en poche, il n'y avait aucune raison — au risque de lui flanquer des complexes — pour le priver de whisky, lorsque la porte s'ouvrit sous le choc d'un corps lancé à toute volée et qui roula jusqu'au milieu du pub tandis que le bruit d'une course, au dehors, allait s'estompant. Ils le reconnurent aussitôt et Shan, ôtant sa casquette, déclara :

— Gentlemen, Mr Pomeroy est effectivement un bon Irlandais.

Une acclamation vibrante salua cette affirmation. On ramassa le pauvre messager. Les uns débarbouillaient Brendan Pomeroy qui, pour la fierté d'être irlandais, avait failli passer de vie à trépas, et d'autres, ayant recours à la commune panacée, lui ingurgitaient du whisky sous l'œil anxieux de Liam se creusant la tête pour savoir sur l'ardoise de qui il pourrait inscrire cet alcool. Quand il fut complètement remis, Brendan tendit à Shan un billet :

— De la part des Écossais...

Loughrea remit la lettre à Ballinagh qui, après s'être longuement râclé la gorge, lut à haute voix :

« Avis au bétail irlandais... On se fera une joie de vous réduire en miettes, ce soir, à 8 h... Prévenez vos veuves pour qu'elles viennent chercher vos restes. Avis à l'ignoble Loughrea : j'ai pas tué votre fille, espèce de salaud de menteur... Je dis pas que votre Maureen, j'aurais voulu l'avoir pour belle-fille, mais c'était pas une mauvaise créature malgré le père qu'elle a eu... Mon fils avait un sentiment pour elle, c'est vrai qu'Andrew est une sorte de bon à rien qui me fait si honte que je me demande si mon épouse elle aura pas fricoté avec un Gallois ou un Anglais... sûrement pas avec un Irlandais, parce qu'Andrew il ressemble pas à un cochon... même s'il en a la mentalité. Au plaisir de vous flanquer mon poing sur la gueule. Votre dévoué Dyce (Gregor) toujours prêt à vous expédier dans l'autre monde si M. le Pasteur me faisait pas reproche de m'attaquer à un type qu'est à moitié gâteux. »

***

Après le dîner, les Loughrea — sauf Eamun absent — prirent congé de Molly avec une certaine solennité. Elle ne parut pas y prêter attention. Ils en marquèrent du dépit. Shan qui n'entendit pas qu'on lui gâtât sa soirée, dit :

— Vous avez remarqué, Molly, que nous n'avons pas mis nos beaux costumes alors qu'on est samedi ?

— Eh bien ! pour une fois, vous n'abîmerez pas vos vêtements.

— Vous ne désirez pas apprendre pour quelles raisons nous n'avons pas changé de tenue ?

— Peut-être l'esprit d'économie vous est-il venu ?

— Ne vous moquez pas, je vous prie, vous risqueriez de le regretter ! Molly Loughrea, votre époux et les deux enfants qui nous restent — je ne compte pas le malheureux petit dernier qui se conduit de façon scandaleuse — nous partons venger la fille que nous avons perdue !

— Shan...

— Oui, ma chère ?

— Il y a une question que je me pose depuis des années...

— Si je peux vous aider?

— Assurément... Voilà : êtes-vous complètement idiot ou jouez-vous les idiots?

Le sang envahit lentement le visage de Loughrea, le faisant tourner à un rouge violacé, puis à une teinte aubergine. Il bégaya, tant la colère lui serrait la gorge :

— C'est toutou... tout ce que... que vous trouvez à me... me dire?

— J'ajouterai, Shan Loughrea, que le jour où je vous ai épousé, j'aurais mieux fait de me casser les deux jambes et les deux bras, parce qu'à cette heure-ci, je serais guérie depuis longtemps... tandis que de la maladie que vous êtes pour moi, je ne guérirai jamais! Et maintenant, filez tous les trois vous amuser comme les voyous que vous êtes devenus! Je vous avertis que si vous me revenez abîmés, vous irez vous faire soigner où vous voudrez, mais sûrement pas ici! Allez oust! dehors!

Dans la rue, les Loughrea se concertèrent rapidement et décidèrent que pour oublier l'incompréhension maternelle, il convenait d'abord de vider un verre ou deux, puis de rassembler la troupe. Ce programme fut exécuté de point en point et lorsque, bouillant d'une ardeur farouche, les Irlandais arrivèrent à la salle de bal pour en découdre avec leurs adversaires, ils se trouvèrent nez à nez avec l'inspecteur Newham et un nombre imposant de constables aux épaules solides. De l'autre côté de l'établissement, Dyce et ses copains se heurtaient au sergent Stonoway assisté d'un groupe de policiers suffisant pour tenir en respect les plus acharnés à troubler l'ordre public. Dégoûtés, les aspirants-combattants regagnèrent leurs domiciles, persuadés (et ils ne se trompaient pas) qu'ils avaient été trahis mais il ne leur serait pas venu à l'idée de soupçonner l'insoupçonnable Molly Loughrea.

Mrs Loughrea ne se dérangea pas quand ses hommes réintégrèrent l'appartement. Elle se contenta, sans les regarder, de demander :

— Victoire-éclair?

Du ton dont Napoléon, à travers Hugo, constatait l'arrivée de Blücher alors qu'ils attendait Grouchy, Shan répondit :

— Nous avons été trahis!

Sa femme ne commentant pas cette affirmation dramatique, il s'emporta :

— Et ça ne vous indigne pas que nous ayons été trahis?

Elle abandonna son ouvrage.

— Ce qui m'indigne, Shan Loughrea, c'est d'avoir un mari de votre acabit! Des coups et du whisky, du whisky et des coups! Sorti de là, vous n'êtes bon à rien! Et ces deux grands imbéciles qui vous admirent! Heureusement qu'il y a Eamun...

Jaloux, Seamus ricana :

— Parlons-en de ce lâche!

— Lâche, parce qu'il refuse de vous ressembler? Ce n'est pas de sa faute s'il est moins bête que vous! Pendant que vous courez les bistros, lui, il est avec celle qu'il aime et ils se marieront et ils seront heureux, plus heureux que je ne l'ai été, plus heureuse que vous ne le serez!

Les garçons embarrassés se dandinaient, tournant leur casquette dans leurs doigts. Shan ne pouvait se retirer ainsi, ne fût-ce que pour être respecté de ses fils.

— Molly, permettez-moi de vous dire que vous prenez la mort de Maureen bien à la légère.

La gifle que reçut Shan Loughrea, la première depuis ses fiançailles — de la part de Molly — lui ôta tous ses moyens et les garçons s'interrogèrent pour savoir s'ils avaient vraiment vu ce qu'ils croyaient avoir vu. Grondante à la manière d'une chienne à qui on veut enlever son chiot, Mrs Loughrea disait :

— Ne répétez pas une chose pareille, Shan Loughrea! Sinon, je suis capable de vous tuer... Personne ne me consolera de la mort de ma petite fille... Je ne voulais pas vous en parler, Shan... mais, c'est un peu à cause de vous... Si vous aviez été moins brutal, plus intelligent... ce malheur n'aurait sans doute pas eu lieu... Je ne vous pardonnerai jamais, Shan Loughrea... Le sang de Maureen vous tache les mains!

***

La mort de Maureen, l'attitude nouvelle de Molly révélant une rancune de vieille date désorientaient Shan Loughrea. Il avait abandonné les siens, laissant la mère et ses fils en tête à tête et il marchait le long de la Tamise, comptant sur le calme de la nuit pour ce qui lui arrivait. Était-il possible que Maureen soit vraiment morte par sa faute? Il l'aimait bien pourtant et s'il avait tellement bu ces jours derniers, c'était justement pour tenter d'échapper à sa peine qui le poussait à piquer une tête dans le fleuve pour en finir avec cette saloperie d'existence...

La chance — ou la malchance? — mit le curé Bert Fitzpatrick sur son chemin.

— Vous bavardez tout seul, à présent, Shan?

— Je m'entretiens avec mon âme, Père.

— Oh!... Qu'avez-vous?

— J'ai envie de mourir.

— Fichtre! et pourquoi donc?

— Parce que je ne veux plus vivre!

— Je m'en doute, mais encore?

— C'est à cause de moi que Maureen est morte! Je me suis mal conduit avec elle! Je l'ai tuée! Je suis un assassin! Vous entendez, Père? Un assassin!

— Calmez-vous donc un peu, Shan.

— Je peux pas... Et puis dites, si vous croyez qu'il y a pas de quoi être nerveux à l'idée qu'on va mourir!

— Cessez de proférer des inepties, Shan Loughrea! Au lieu de nourrir de sombres projets que vous ne mettrez d'ailleurs pas à exécution, vous seriez mieux inspiré de prier Dieu de vous pardonner toutes vos fautes passées et de vous aider à retrouver le bon chemin.

— Comment je saurai s'Il est d'accord?

— Il vous enverra un signe pour vous faire sentir qu'entre Lui et vous l'alliance est rétablie, que vous êtes devenu Son soldat, celui qui se battra pour Sa gloire!

— Quelle sorte de signe, Père?

— Je l'ignore, mon fils... Sur ce point, tout est possible... Avez-vous entendu parler de Constantin?

— S'il travaille à Billingsgate Market, il n'est pas dans mon équipe.

— Il s'agit d'un empereur romain... qui vivait il y a des siècles et des siècles... Il s'était converti au catholicisme peu avant une grande bataille qui devait décider de son destin et de son empire... Au plus fort du combat, alors que ses troupes commençaient à lâcher pied, une croix de lumière lui est apparue dans le ciel... Du coup, il comprit que le Seigneur se tenait à ses côtés et avec l'aide de Dieu, il vainquit... Qui sait? Peut-être un jour, vous aussi, Shan Loughrea, verrez-vous un signe dans le ciel et ce jour-là, je m'agenouillerai devant vous et je quémanderai votre bénédiction car vous serez l'élu du Tout-Puissant!

Le prêtre s'étant enfoncé dans la nuit, Shan resta seul avec ses problèmes mais ragaillardi par l'espèce de promesse faite par le curé. L'Irlandais ne pensait plus au chagrin qui, un instant plus tôt, l'obsédait au point qu'il souhaitait mourir pour n'y plus songer. Il se voyait déjà choisi par Dieu pour prêcher la bonne parole à Billingsgate Market et, poursuivant sa promenade sur le quai de la Tamise, il avançait — ce qui n'était pas prudent — les yeux fixés sur la voûte céleste, pour une fois débarrassée de son écran de brouillard. (Déjà un miracle!).

***

Molly, sur le point de se coucher, se demanda un court instant ce que signifiait ce remue-ménage dans la rue, devant sa maison, puis ces piétinements dans l'escalier et lorsqu'on frappa à sa porte, elle devina qu'il était arrivé quelque chose de grave à son dégoûtant de mari qu'elle aimait tout de même bien à cause du passé.

Les gars de la brigade fluviale ayant déposé Shan, roulé dans une couverture, sur le divan rapé qui constituait le luxe de la pièce, révélèrent à la maîtresse de maison :

— Heureusement qu'on était là, Mrs Loughrea... On l'a repêché juste à temps!

— Il s'est jeté à l'eau?

— Non, il y est tombé... Quand il aura retrouvé ses esprits, conseillez-lui donc, lorsqu'il se promènera de nouveau sur les quais, de regarder où il met les pieds plutôt que de marcher le nez dans les étoiles...

***

En ouvrant les yeux, Shan distingua le visage de sa

femme, puis ceux de ses trois fils et il sourit. Molly soupira :

— Dieu vous bénisse, vous n'êtes pas mort...

— Si.

— Ne recommencez pas à faire l'idiot, Shan Loughrea !

— Molly, ma femme bien-aimée, je ne suis pas mort, mais je suis sur le point de mourir, je le sens dans mes intérieurs...

— Et pourquoi mourriez-vous, je vous prie ?

— Penchez-vous, Molly, je ne tiens pas à ce que les garçons entendent, j'ai trop honte...

Intriguée, elle lui obéit et il lui chuchota dans l'oreille :

— Parce que dans cette saloperie de fleuve, en tombant, j'ai... j'ai...

— Vous avez... quoi ?

Dans un murmure, il avoua :

— J'ai bu de l'eau !

CHAPITRE III

I

Depuis qu'elle s'était révoltée contre la tyrannie de son époux, Mona Dyce — à la surprise des siens — semblait être devenue une autre femme. Sans doute, demeurait-elle une personne effacée, naïve, prête à croire tout ce qu'il plairait de lui raconter, mais elle avait acquis un sens nouveau de sa propre dignité... Elle était Mrs Dyce et, à ce titre, elle ne pouvait tolérer que quiconque — fût-ce son mari — lui imposât sa volonté, en ne tenant aucun compte de la sienne. Mona n'avait plus peur de son compagnon, que le rouleau à pâtisserie de Mrs Loughrea avait démystifié à ses yeux. Mieux que n'importe qui, Gregor avait pris conscience de cette métamorphose et il devinait (sans se résoudre encore à l'accepter) que les belles années de sa dictature étaient peut-être menacées et ce, d'autant plus qu'Andrew aussi se rebellait contre l'autorité paternelle et que les trois filles étaient, de même, prêtes à passer à l'opposition ouverte. Intelligent, Gregor Dyce résolut d'user d'une politique nouvelle.

Les petites et leur frère étant sortis respirer un peu, tandis que la soupe mijotait sur le feu, Gregor épiait le visage de sa femme, guettant le moment propice pour déclencher l'attaque relevant d'une stratégie mise au point après de longues méditations.

— Vous avez l'air fatiguée, Mona? Je n'aime pas vous voir ce visage-là, il m'inquiète...

Mrs Dyce faillit lâcher les assiettes à soupe qu'elle s'apprêtait à poser sur la table. Son cerveau bloqué refusait de comprendre les mots qui lui parvenaient. Gregor se souciant de sa santé! Gregor lui parlant de sa voix d'autrefois!

C'était plus que la pauvrette n'en pouvait supporter et ses yeux se remplirent de larmes. Malheureusement, dans sa cervelle simplette, s'incrusta la conviction que son époux était sincère et, voulant profiter d'une faiblesse risquant de n'être que passagère pour mettre les choses au point de tenter de rendre la vie commune plus agréable, elle donna, tête baissée, dans le piège que Dyce, cynique, lui tendait.

— Je ne suis pas malade, rassurez-vous, chéri... Je me fais du souci à cause des enfants.

— Qu'est-ce qu'ils ont?

— Gregor, est-il possible que vous soyez aveugle à ce point-là? Ne voyez-vous pas qu'Andrew dépérit de jour en jour? Qu'il ne parvient pas à se consoler de la mort de celle qu'il aimait ? Que vos filles ont tellement peur de vous qu'elles n'osent plus vivre normalement et fréquenter leurs amoureux qui vous ont pourtant aidé le soir de la bagarre au bal des Poissonniers.

— Mona, il faut admettre que je suis un monstre, car je n'avais pas eu conscience de ce que vous m'apprenez et je vous remercie de me l'avoir confié.

Attendrie, Mona s'approcha de son mari.

— Non, Gregor, vous n'êtes pas un monstre, seulement un égoïste.

Le vieux rusé attrapa sa compagne par la taille et, posant sa tête sur son giron, il gémit :

— Je constate, Mona chérie, que votre tendresse essaie de me trouver des excuses, mais c'est impossible... Je suis un mauvais père comme j'ai été un mauvais mari... Je n'aurais jamais dû empêcher Andrew de courtiser son Irlandaise... Après tout, il y en a peut-être de civilisées ? Quant aux filles, je ne vois pas pour quelles raisons je m'opposerais à ce qu'elles rencontrent ces Anglais... Il est possible qu'on puisse naître anglais et se conduire correctement dans l'existence, n'est-ce pas ?

Le cœur de Mona fondit.

— Je bénis le nom de Celui qui vous a permis de retrouver votre raison, Gregor, le Seigneur Notre Dieu !

— Mona, je me demande parfois si vous ne seriez pas tous plus heureux en mon absence ?

— Qu'entendez-vous par là ?

— Je ne mérite plus de vivre, Mona!

— Voulez-vous vous taire et ne pas dire des horreurs pareilles!

— A quoi bon fermer les yeux? Je ne suis qu'un parasite, incapable d'entreprendre quoi que ce soit, un fainéant...

Timide, Mrs Dyce suggéra :

— Puisque vous prenez, aujourd'hui, conscience de vos faiblesses, Gregor, pourquoi ne décideriez-vous pas de changer d'attitude?

— Parce que je me connais... Non, croyez-moi, il est préférable que je vous libère...

Maternelle, émue, elle lui caressait les cheveux, s'efforçant de le consoler.

— Mais non, mais non,... Vous allez trop loin, chéri... Vous n'êtes pas un paresseux... simplement, vous n'êtes pas né pour le travail... Ce n'est pas dans votre nature... Vous continuerez à faire ce que vous pourrez... Quant au reste, les enfants et moi, nous ne vous abandonnerons pas.

Dyce imita à la perfection le bruit du sanglot qui vous étouffe avant d'annoncer :

— Inutile, Mona... Je n'ai plus le moral... Tenez, je ne sais pas si j'aurai le courage de me garder en vie jusqu'à demain matin... Je me dégoûte trop! Je suis complètement déprimé...

— Vous ne devez pas rester ainsi, Gregor, il est nécessaire que vous vous repreniez!

— Je n'ai rien pour m'aider...

— Peut-être qu'un peu de whisky?
— Il n'y en a plus une goutte dans la maison...
— Si vous me promettez de vous montrer raisonnable... vous iriez faire un saut jusqu'au pub... un seul verre, bien sûr... deux à la rigueur, mais pas plus!
— Vous êtes une chère et noble créature, Mona... Je vous remercie de votre proposition qui m'aurait vraisemblablement sauvé, hélas! je n'ai plus un penny...
La pauvre femme, brûlante de tendresse, s'en fut fouiller dans une cachette qu'elle se figurait secrète et revint en brandissant une livre. Dans un sourire elle recommanda :
— Essayez de me rapporter la monnaie!
Gregor empocha l'argent.
— C'est uniquement pour vous faire plaisir, vous savez, que je me résignerai à poursuivre mon calvaire sur cette terre...
Sitôt que Dyce eut posé le pied dans la rue, il se mit à siffler une chanson inconvenante, tant il était heureux d'avoir, une fois encore, roulé la malheureuse Mona.

*
* *

Gregor était si content du succès de sa ruse qu'il croisa son fils sans lui prêter attention. Andrew avait accompagné des copains jusqu'au *Casque et la Rose* mais avait refusé d'y pénétrer. La plaie qui saignait en lui l'empêchait d'être le témoin de la joie des autres comme elle lui interdisait de se distraire. Il voulait vivre avec le souvenir de Maureen et seulement avec son souvenir. Il n'acceptait pas la disparition de l'Irlandaise. Parce qu'il était jeune, Andrew se persuadait qu'il demeurerait fidèle à la morte jusqu'au bout de sa propre route. Il en voulait un peu au monde entier de ne pas partager sa peine.

Chaque soir, avant de rentrer chez lui, Andrew, en une sorte de pieux pèlerinage, gagnait le jardin de la Tour pour y attendre une ombre toujours exacte au rendez-vous intemporel qu'il lui fixait. L'heure faisait désert ce petit hâvre dans la ville. Le garçon imaginait sentir sur ses bras le poids léger de Maureen. Il croyait percevoir encore le doux chuchotement d'une voix qui s'était tue pour toujours. S'enivrant de sa peine, il perdait la conscience du temps écoulé et recommençait à bâtir un avenir auquel il ne pouvait plus croire. Sans doute l'enchantement ne durait-il que quelques minutes avant qu'Andrew n'émerge de son rêve à la façon du dormeur reprenant pied dans la réalité.

L'Écossais tournait le coin de sa rue lorsqu'il s'entendit appeler :

— Mr Dyce, s'il vous plaît ?

Andrew s'arrêta pile. Cette voix... ce timbre... cet accent... Luttant contre les phantasmes auxquels il aurait voulu céder et qui risquaient de l'emporter, il se répétait : « Maureen est morte... Maureen est morte... » Cependant, un vertige démentiel montait en lui en dépit de ses efforts désespérés pour ne pas se laisser emporter. Tout s'apaisa d'un coup lorsque celle qui l'avait hélé sortit de l'encoignure où elle se dissimulait.

— Mr Dyce, je m'appelle Kathleen Mac Murphy.

— Et alors?

— J'étais la meilleure amie de Maureen.

La hargne de l'Écossais fondit comme neige au soleil.

— Vous étiez son amie?

— Sa meilleure amie.

— Vous saviez donc qu'elle...

— Qu'elle vous aimait? Oui, bien sûr.

Il passa son bras sous celui de la jeune fille et fit quelques pas avec elle en silence, avant de poursuivre :

— Pourquoi je ne vous ai jamais rencontrée?

— Vous m'avez rencontrée, mais vous ne m'avez pas vue puisque vous ne regardiez que Maureen.

— Je l'aime tellement...

— Je sais cela aussi.

— Je continue à l'aimer et je l'aimerai toute ma vie!

— Elle le mérite.

Ils parlaient de cette morte comme d'une vivante.

— Vous m'attendiez?

— Oui... Maureen m'avait prêté un mouchoir pour que j'en relève la broderie. Je n'ai pas pu le lui rendre. J'ai pensé que vous aimeriez l'avoir... pour le souvenir... Tenez...

Elle lui tendit un petit paquet qu'il prit et glissa dans sa poche.

— Merci... Je suis très sensible... Où travaillez-vous, Kathleen?

— Au Marché... Mon père est dans l'équipe du vôtre.

— J'espère que nous nous reverrons?

— Pour parler de Maureen?

— Pour parler de Maureen.

— Alors, quand vous le voudrez.

— Vous me permettez de vous raccompagner chez vos parents?

Elle parut gênée

— C'est que Daddy n'aime guère les Écossais.

— Rassurez-vous, mon père déteste les Irlandais.

Andrew rit pour la première fois depuis la mort de Maureen.

***

Pendant que leur frère reprenait peu à peu goût à la vie, les trois demoiselles Dyce se morfondaient dans une solitude (interrompue par la seule Alison grâce à quelques rendez-vous secrets avec Eamun) que la mort violente de Maureen et ses conséquences leur imposaient. Si elles avaient brisé avec les Irlandais au nom de l'honneur des Dyce, leurs flirts anglais n'avaient pas esquissé la moindre tentative pour les retrouver. Ils avaient dû garder un mauvais souvenir de la bagarre du Bal des Poissonniers et de la nuit passée au poste de police. Ils s'étaient, sans doute, trouvé des amies de fréquentation paisible.

Alison, la plus intelligente, décida d'obliger ses sœurs à renouer avec les Loughrea. Maintenant que plus personne n'aurait osé soutenir l'hypothèse d'un Andrew meurtrier de Maureen, rien ne s'opposait à la reprise des relations, rien, sauf les pères de famille et Fiona tout comme Elspeth avaient très peur de leur papa. Elles poussèrent les hauts cris lorsque leur cadette leur proposa de retrouver Patrick, Seamus et Eamun. Ce n'est pas que le fait en soi leur déplût, mais elles ignoraient dans quelles dispositions d'esprit étaient les garçons à leur égard et surtout, elles redoutaient que Mr Dyce n'apprît la chose. Elles affirmaient que, dans ce cas, il se passerait des choses épouvantables. Alison comprit très vite qu'elle perdrait son temps à tenter de convaincre ses aînées. Elle résolut donc de changer de tactique. Elle s'en ouvrit à Eamun et, cette fois, elle gagna la partie.

Les frères Loughrea avaient accoutumé, le samedi matin, avant l'ouverture du pub, d'aller se promener ensemble sur ce qui avait constitué le seul terrain de jeu de leur enfance, le quai de la Tamise. Au contraire, les demoiselles Dyce préféraient aller lécher les vitrines du Strand et, ce samedi-là, Alison eut toutes les peines du monde à persuader ses sœurs de renoncer à leurs habitudes hebdomadaires pour l'accompagner sur les quais, leur promettant une surprise qui, d'avance, excitait leur curiosité.

Le manège auquel se livrèrent les deux trios lorsqu'ils se furent aperçus, eût enchanté un ornithologue tant leur exercice ressemblait à l'une de ces parades nuptiales propres à certaines espèces d'oiseaux et qui, surprises par des objectifs patients, font les délices des chasseurs d'images.

D'abord, les deux groupes feignirent de ne point se connaître quand ils se croisèrent, mais aucun ne songea à céder la place. Pourquoi nous et pas eux, n'est-ce pas ? Ensuite, lors du deuxième passage, ils se saluèrent de la manière la plus froide et la plus sèche. Puis, quand ils se rencontrèrent pour la troisième fois, garçons et filles se sourirent. Enfin, au moment où les uns et les autres se présentaient pour une quatrième sorte de face-à-face, Eamun abandonna ses frères pour rejoindre Alison qui s'écartait de ses sœurs. Sous prétexte de retenir les indisciplinés, les deux camps se joignirent, se mêlèrent et, dès lors, tout alla à la plus grande satisfaction de tous.

Quand, un peu énervées, Fiona, Elspeth et Alison retrouvèrent leur mère, Gregor n'était pas encore rentré, à la profonde amertume de Mona qui commençait à admettre qu'elle avait peut-être bien été roulée par un pseudo-repentir qui, désormais, prenait à ses yeux l'aspect d'une comédie supérieurement jouée. C'est pourquoi, lorsque ses filles l'entreprirent sur leur besoin de ressembler aux jeunes demoiselles de leur âge dont toutes — à les en croire — comptaient sur un, deux, voire trois fervents admirateurs qui mettaient leur gloire à les emmener au cinéma et à les gaver d'icecream, Mrs Dyce les approuva. Les petites mirent à profit la compréhension maternelle pour solliciter la permission d'inviter leurs boys-friend à venir prendre le thé durant l'après-midi du prochain samedi. Alison — rusée — ajouta qu'elles seraient fières de démontrer à leurs soupirants que personne n'était capable de réussir une meilleure tarte aux pommes que celle de leur mummy. Ravie, Mona se rengorgea. Seule, la tremblante Elspeth mit une fausse note dans ce cantique d'action de grâce, en demandant :

— Et le père... qu'est-ce qu'il va dire ?

— Rien !

Ce « rien » prononcé par la maîtresse de maison sur un ton péremptoire, impressionna les filles. Sans trop voir où se situait le changement, ni de quelle manière plus subtile il se traduisait, elles sentaient qu'elles étaient entrées dans un univers familier nouveau. Mona jouissait merveilleusement de cette révérence à son égard qu'elle devinait dans les yeux de ses enfants. Toutefois, au fond d'elle-même, elle éprouvait une petite, une toute petite inquiétude... Ne s'était-elle pas engagée un peu vite ? Pour apaiser ses scrupules, elle s'enquit :

— Ce sont des garçons comme il faut, au moins ?

Alison devança la réponse de ses aînées et, avec une réjouissante hypocrisie, déclara :

— Mais, mummy, vous les connaissez...

L'âme simplette de Mona ne pouvait imaginer que sa cadette lui jouait un méchant tour et elle crut, dans sa grande innocence, qu'il s'agissait des trois Anglais qu'elle avait vus si souvent en compagnie de ses enfants. C'est donc avec cette certitude au cœur qu'elle annonça à son mari, la venue prochaine des soupirants de leurs filles. Gregor grogna par principe, mais puisque son épouse servirait de chaperon, il ne pouvait s'opposer à cette cérémonie traditionnelle. Sur ce, tout le monde s'en fut coucher la paix au cœur, sauf peut-être Alison, la perfide.

*
* *

Le Superintendent Orpington commençait à s'énerver et sérieusement. En haut lieu, on se plaignait de son apparente inactivité et la presse s'étonnait de ce qu'on n'ait pas encore arrêté l'assassin de Maureen Loughrea. Les journalistes londoniens ne peuvent entendre parler de la mort violente d'une femme, la nuit, dans une grande ville, sans évoquer immédiatement l'atroce souvenir de Jack l'Éventreur. Cette hargne des instances les plus élevées, déclenchait, par suite d'une sorte de réaction en chaîne, la mauvaise humeur du Super qui s'en prenait à sa victime obligée, l'inspecteur Newham.

— Enfin, Michaël, vous tenez à ce que nous soyons la risée de la police tout entière ? Vous vous rendez compte que c'est un miracle si, jusqu'ici, j'ai pu éviter l'intervention des hommes du Yard, sous prétexte que nous connaissons notre petit monde mieux que personne et que nous avons la conviction de dénicher le criminel dans les milieux qui nous sont familiers. Je crains que nous ne nous soyons trop avancés... et que nous ne nous montrions inférieurs à la tâche imprudemment assumée.

— Le Yard n'arriverait à rien... Que savent nos collègues du milieu où nous vivons ? Alors, comment s'y prendraient-ils pour mener leur enquête puisque nous, nous piétinons ?

— Vous leur expliquerez !

— Non, Monsieur, je n'expliquerai rien du tout, car si le Yard met son nez dans nos histoires, je demanderai à être muté. D'ailleurs, Janet, ma femme, ne s'est jamais plue dans ce quartier.

— Vous m'en voyez navré, Inspecteur... et maintenant, si vous cessiez de jouer les outragés et que vous vous mettiez vraiment au travail ?

— Parce que vous vous figurez que je reste les bras croisés, Monsieur ?

— Ce que je me figure ne vous regarde pas, Newham ! Je constate simplement que nous ne progressons pas et c'est cela seul qui compte. Je vous donne encore quarante-huit heures ! Si au terme de ce laps de temps, vous en êtes toujours au même point, j'appelle le Yard.

— Laissez-moi interroger Loughrea et Dyce à ma façon...

— Non!... Je la connais votre façon, Inspecteur, et elle n'est pas de celles qu'un Anglais votant travailliste, peut admettre.

***

En cette matinée de samedi, une animation particulière emplissait les rues du quartier et les pubs regorgeaient d'une clientèle bruyante. Cette fièvre inhabituelle tenait à ce qu'en fin d'après-midi, on disputait le championnat de fléchettes par équipes dans la salle où s'était déroulé le bal des Poissonniers, aucun des partis n'ayant consenti à céder le privilège profitable d'organiser la rencontre. Nul n'ignorait que ce championnat se réduisait à une question de suprématie entre Irlandais et Britanniques, entre Shan Loughrea et Gregor Dyce.

Dans la plupart des foyers, on témoignait d'une certaine nervosité et les épouses se faisaient rabrouer pour un oui ou pour un non. Au moment de quitter les siens pour se rendre à un ultime entraînement, Shan déplora l'abandon de ses fils qui, pour la première fois depuis longtemps, ne seraient pas à ses côtés afin de l'encourager dans une épreuve où se jouait — affirmait-il — l'honneur de l'Irlande.

— Je n'aurais pas cru qu'un jour pourrait venir où mes garçons sacrifieraient la gloire du vieux pays à leur besoin de courir la prétentaine!

Indécis, Patrick se défendait mollement.

— Nous, les fléchettes, hein?... on préfère les filles.

— Et vous osez dire ça devant votre mère, espèce de débauché?

— Mais quand vous fréquentiez mummy, est-ce que vous l'auriez laissée tomber pour une partie de fléchettes?

Molly se mêla au débat pour tenter d'arrondir les angles.

— Peut-être que vous pourriez aller soutenir le père pendant un instant?

Les aînés cédaient lorsque Eamun intervint :

— Nous ne sommes plus des babies, mummy! Ce qu'on a décidé, on le fait! On a toujours obéi au père pour les choses de tous les jours, mais les filles qu'on aime, ça regarde que nous. Que le père aille s'amuser avec ses fléchettes, c'est son affaire, nous, on va rejoindre nos amies et ça aussi, c'est notre affaire. Un point, c'est tout. Et si ces deux gros tas de porridge trop cuit que sont mes frères, veulent se soumettre au caprice de leur papa, je m'en fous! Moi, je vous dis : à ce soir!

— Eamun, vous avez bougrement de la chance que je tienne pas à m'abîmer la main avant le match, sinon je vous ferais cracher des excuses avec vos de[illegible]

Armée du rouleau à pâtisserie qui lui avait é[illegible] si grand secours contre Dyce, Molly rema[illegible] élever la voix :

— A condition que je vous laisse le champ libre, Shan!

Du coup, l'Irlandais se retourna contre sa femme, ce dont les garçons profitèrent pour filer.

— Alors, vous prenez leur parti?

— Ce sont mes enfants.

— Ce ne sont pas les miens, peut-être?

— Hélas... Shan, quand comprendrez-vous que personne à part moi, ne peut plus tolérer vos manières de dictateur? Pourquoi voulez-vous sans cesse imposer votre volonté? Moi, je suis obligée de vous supporter et je vous supporte... Je ne sais pas si j'aurai assez de courage pour continuer lorsque les garçons seront partis. Vous êtes une brute, Shan Loughrea et vous n'avez pas le droit de parler du vieux pays, car vous en êtes la honte, ici, chez les Anglais!

— Vous osez...! Mais je dois garder mon sang-froid, sinon l'Écossais me battra à plate couture... Molly, insinueriez-vous que vous n'avez pas été heureuse à mes côtés?

En guise de réponse, Mrs Loughrea s'en fut chercher une photographie dans le tiroir du buffet et la rapporta à son mari.

— Vous vous souvenez?

— Bien sûr... C'est vous au temps de nos fiançailles Vous étiez jolie...

Molly attira son époux vers la fenêtre, leva son visage et dit :

— Regardez-moi, aujourd'hui... Voilà ce qu'ont

l'intervention des hommes du Yard, sous prétexte que nous connaissons notre petit monde mieux que personne et que nous avons la conviction de dénicher le criminel dans les milieux qui nous sont familiers. Je crains que nous ne nous soyons trop avancés... et que nous ne nous montrions inférieurs à la tâche imprudemment assumée.

— Le Yard n'arriverait à rien... Que savent nos collègues du milieu où nous vivons ? Alors, comment s'y prendraient-ils pour mener leur enquête puisque nous, nous piétinons ?

— Vous leur expliquerez !

— Non, Monsieur, je n'expliquerai rien du tout, car si le Yard met son nez dans nos histoires, je demanderai à être muté. D'ailleurs, Janet, ma femme, ne s'est jamais plue dans ce quartier.

— Vous m'en voyez navré, Inspecteur... et maintenant, si vous cessiez de jouer les outragés et que vous vous mettiez vraiment au travail ?

— Parce que vous vous figurez que je reste les bras croisés, Monsieur ?

— Ce que je me figure ne vous regarde pas, Newham ! Je constate simplement que nous ne progressons pas et c'est cela seul qui compte. Je vous donne encore quarante-huit heures ! Si au terme de ce laps de temps, vous en êtes toujours au même point, j'appelle le Yard.

— Laissez-moi interroger Loughrea et Dyce à ma façon...

— Non!... Je la connais votre façon, Inspecteur, et elle n'est pas de celles qu'un Anglais votant travailliste, peut admettre.

*
* *

En cette matinée de samedi, une animation particulière emplissait les rues du quartier et les pubs regorgeaient d'une clientèle bruyante. Cette fièvre inhabituelle tenait à ce qu'en fin d'après-midi, on disputait le championnat de fléchettes par équipes dans la salle où s'était déroulé le bal des Poissonniers, aucun des partis n'ayant consenti à céder le privilège profitable d'organiser la rencontre. Nul n'ignorait que ce championnat se réduisait à une question de suprématie entre Irlandais et Britanniques, entre Shan Loughrea et Gregor Dyce.

Dans la plupart des foyers, on témoignait d'une certaine nervosité et les épouses se faisaient rabrouer pour un oui ou pour un non. Au moment de quitter les siens pour se rendre à un ultime entraînement, Shan déplora l'abandon de ses fils qui, pour la première fois depuis longtemps, ne seraient pas à ses côtés afin de l'encourager dans une épreuve où se jouait — affirmait-il — l'honneur de l'Irlande.

— Je n'aurais pas cru qu'un jour pourrait venir où mes garçons sacrifieraient la gloire du vieux pays à leur besoin de courir la prétentaine!

fait de ce visage que vous trouviez joli, trente années de vie commune avec Shan Loughrea!

Quelque peu honteux, Shan ne savait de quelle façon protester. Doucement, sa femme le poussa vers la porte.

— Partez vous amuser avec vos fléchettes, Shan Loughrea... Je sens que je vais pleurer et je ne veux pas pleurer devant vous.

*
* *

De son côté, Dyce n'était pas content. Il aurait souhaité, que — ainsi que toutes les années précédentes — son fils unique Andrew se tînt près de lui pendant le match où sa réputation serait en jeu. Mais le garçon ne semblait plus prendre le moindre intérêt aux événements de la vie et s'enfermait dans le souvenir. Il paraissait si triste, si loin des petites préoccupations paternelles que Gregor, en dépit de son âme fruste, devinait qu'il valait mieux ne pas insister. Il souffrait d'être obligé d'adopter cette attitude. Il eût préféré mourir que de l'avouer, cependant. Tandis que sur l'instant, il s'était presque félicité de la disparition de Maureen, il désirait, à présent, retrouver le meurtrier qui, en tuant l'Irlandaise avait fait d'Andrew une sorte de mort-vivant. N'osant soulager son inquiétude en s'en prenant à son fils qu'il craignait de pousser aux solutions extrêmes, il se rabattait lui aussi sur son épouse, souffre-douleur attitré et qu'il avait toujours sous la main.

— Tout ce qui arrive est de votre faute, Mona!

— Ma faute... et pourquoi?

— Parce que vous êtes une fille des Lowlands! Et tout le monde sait que les gens des Lowlands n'ont jamais eu de sang dans les veines! C'est de vous qu'Andrew tient ce penchant à la mélancolie, cette mollesse, cette incapacité à réagir! Ah! si j'avais épousé une fille des Highlands...

— Si vous aviez épousé une fille des Highlands, il y a longtemps qu'elle vous aurait plaqué!

— Taisez-vous, pauvre idiote!

Et comme il fallait que chacun en eût sa part, Dyce s'adressa à Fiona, Elspeth et Alison :

— Quant à vous, si je tolère que des quasi inconnus s'introduisent dans ma maison, il ne faut pas que ça devienne une habitude! Je ne veux voir personne d'étranger ici lorsque je rentrerai!

La porte refermée, Mona se contenta de soupirer :

— Souhaitons qu'il gagne...

***

Loughrea, tout autant que Dyce, avait pour habitude, le jour du match, de ne pas revenir déjeuner chez lui et de demeurer en compagnie de ses amis. On ne cessait de porter des toasts à la victoire prochaine si bien que lorsque les deux équipes arrivaient sur les lieux de la rencontre, elles étaient dans un état semi-comateux, ce qui donnait à cet affrontement une allure très particulière. Chacun des joueurs, sous l'influence de l'alcool, voyait en général plusieurs cibles et logeait, de ce fait, ses fléchettes dans les endroits les plus surprenants. Aucun des juges, choisis parmi les commerçants du quartier et qui, eux, restaient sobres, ne se serait risqué au-delà de la ligne de tir. Le plus souvent, le moment de rendre la sentence venu, ils ne parvenaient pas à découvrir une seule fléchette dans la cible.

*
* *

Sitôt que Mona et ses filles avaient été libérées de l'encombrante présence paternelle, elles commencèrent à vivre. Chacune se fit aussi belle qu'elle le put et Mrs Dyce mit sa plus jolie robe. En vérité, les trois Anglais qu'elle croyait attendre lui plaisaient beaucoup. Elle les jugeait sérieux et espérait bien que ce serait les jeunes épousées qui gouverneraient leur foyer respectif. Bien sûr, l'idée que celles demeurant à ses yeux des gamines, allaient la quitter, lui barbouillait le cœur, mais elle adoucissait sa peine en songeant à ses futurs petits-enfants. A 4 h tout était en place et le coup de sonnette qui creva l'espèce de silence recueilli où se cantonnaient Mona et ses filles, les rendit fébriles. Mrs Dyce tint à ouvrir elle-même à leurs hôtes et pendant que les demoiselles Dyce échangeaient des regards inquiets, Mona, arborant son plus beau sourire, tira la porte à elle.

— Soyez les bien...

Les mots expirèrent sur ses lèvres tandis que son sourire s'estompait lentement pour faire place à la stupeur.

— Comment allez-vous, Mrs Dyce?

Patrick Loughrea, ayant plaqué sur la poitrine de la maîtresse de maison, (qui dut replier les bras pour le retenir) un énorme bouquet, fila rejoindre Fiona.

— Hello, Mrs Dyce!

A son tour, Seamus pénétrait dans le repère écossais où l'attendait Elspeth, fraîche et rose, et secoua vigoureusement une des mains — qu'il parvint à détacher du bouquet — de son hôtesse.

— Bonjour, mummy!

Eamun, le plus effronté de tous, embrassait la pauvre femme quasi inconsciente et se hâtait vers Alison. Abasourdie, ne réussissant pas à croire à la réalité de ce qu'elle contemplait, Mona se plaignit :

— Alison... Vous m'aviez dit...

La cadette des Dyce se leva, vint prendre affectueusement sa mère par les épaules et l'obligea à s'asseoir à la table où Fiona servait déjà le thé tandis qu'Elspeth découpait la tarte aux pommes.

— Je vous avais dit, mummy, que vous les connaissiez...

***

Le match de fléchettes opposant les Irlandais et les Gallois aux Écossais et aux Anglais, avait débuté dans une relative euphorie en ce sens qu'aucun joueur ne parvint à placer une seule fléchette dans la cible et ce parce qu'il n'y en avait pas un capable de la voir assez nettement pour la viser. On commença par rire de la maladresse générale, puis on s'énerva, enfin, on s'irrita et l'on se mit à échanger des remarques désobligeantes. Se figurant, en toute bonne foi, recouvrer leur sang-froid, retrouver leur adresse perdue en faisant de plus en plus appel au whisky, certains joueurs devinrent nerveux et d'autres, pris d'une irrépressible somnolence, devaient être longuement secoués avant de pouvoir reprendre le jeu, de façon très éphémère d'ailleurs. On tira de plus en plus au petit bonheur la chance. Shan gagna — en logeant, sans savoir ni pourquoi ni comment — une fléchette au centre de la cible. Un formidable « hurrah ! » salua l'exploit dont son auteur n'avait absolument pas conscience. Hors de lui, Gregor hurla :

— Vous avez triché ! Shan Loughrea, vous êtes un damné tricheur d'Irlandais !

Aussitôt, un silence épais remplaça le tumulte. Loughrea fixa son insulteur d'un œil vague.

— Et de quelle façon m'y suis-je pris pour tricher, Mr Dyce ?

— Ça ne vous regarde pas !

L'illogisme de la réponse stupéfia autant que sa fourberie. Shan en eut le souffle coupé, ce dont Gregor profita pour se diriger vers la cible en affirmant qu'il n'acceptait pas le coup heureux de son rival et dans l'intention évidente d'enlever la fléchette qui l'humiliait. L'Irlandais rugit :

— Et ce coup-ci, vous l'acceptez, espèce de faux-jeton écossais?

D'une main à qui la colère, l'indignation et l'enivrement de la victoire rendaient une précision inattendue, Loughrea, de toutes ses forces, lança une fléchette qui se ficha dans la fesse gauche de Dyce lequel porta ses doigts à la blessure, en arrachant l'arme de la plaie et beugla en la brandissant :

— Vous avez tenté de m'assassiner et par-derrière! lâche! voyou! papiste!

Pour interrompre la litanie sacrilège, Shan dut fermer la bouche de son adversaire d'un solide direct. Ce fut le signal attendu d'une empoignade générale dont l'écho fit, comme toujours, accourir les représentants de l'ordre.

***

Afin de parler de Maureen, Andrew avait donné rendez-vous à Kathleen dans le jardin de la Tour, là où il avait accoutumé de rencontrer la disparue. En arrivant, quand il aperçut la silhouette de la jeune fille, le garçon perdit brusquement le sens du réel et crut, durant quelques fractions de seconde, qu'il avait bénéficié d'un miracle lui permettant d'effacer les jours écoulés et que c'était Maureen qui l'attendait. Vieilles illusions dont sont toujours victimes les cœurs romanesques qui refusent la mort de l'être aimé. A travers Kathleen, Andrew voyait Maureen et c'est pourquoi l'Écossais ne s'était pas encore demandé si sa nouvelle amie était jolie ou non. Pour lui, elle n'était que le support d'un rêve auquel il ne voulait pas renoncer. La cruauté de son attitude ne lui apparaissait pas.

Assis côte à côte, bercés par le bruit de l'eau et le trafic du fleuve, les deux jeunes gens n'échangeaient que peu de mots. Une réflexion de l'un ou de l'autre touchant la morte et chacun s'isolait dans un voyage sentimental en compagnie de celle qu'il venait d'évoquer. Kathleen était originaire du pays de Maureen..., le Conemmara. Elle n'avait fait sa connaissance que deux années plus tôt. Elles ne s'étaient plus quittées jusqu'au jour où Maureen avait rencontré Andrew. Alors, tout était devenu différent entre elles. Réduite au rôle de confidente, Kathleen avait appris à apprécier le garçon à travers ce qu'on lui en disait.

— Ainsi, Mr Dyce, quoique ne nous connaissant pas, je vous connaissais autant que si j'avais été moi-même votre fiancée.

— C'est curieux que Maureen ne m'ait jamais parlé de vous, non?

— Elle était trop heureuse pour se soucier des autres. Je pense que le bonheur rend égoïste. N'est-ce pas votre avis ?

— Possible... Depuis que j'avais rencontré Maureen, je ne me préoccupais plus beaucoup de la maison et de mes amis d'avant... Alors, vous travaillez au Marché ?

— Je suis la secrétaire de Mr Peabody.

Andrew siffla d'admiration.

— Dites donc, vous êtes quelqu'un d'important !

Elle haussa les épaules et répondit, mélancolique :

— Mr Dyce, on ne devient quelqu'un d'important que si l'on s'intéresse à vous. Maureen était quelqu'un de beaucoup plus important que moi.

— Mais voyons...

— De bien plus important, Mr Dyce, puisque vous l'aimiez. Tant qu'on n'est pas aimé, qu'on soit fille ou garçon, on n'est pas grand-chose...

Sur cette triste affirmation, Kathleen s'était mise à pleurer et Andrew, ennuyé, l'avait serrée contre lui pour la calmer, puis il l'avait raccompagnée chez elle. Sur le chemin du retour, il devait s'avouer, surpris, que Kathleen et lui avaient moins parlé de Maureen qu'ils ne se l'étaient promis.

*
* *

Complètement rassurée, Mrs Dyce vivait des moments agréables. Ces Irlandais se révélaient beaucoup plus gentils qu'elle ne l'avait imaginé et, somme toute, elle les préférait aux Anglais qu'elle avait cru recevoir. On s'amusait. On riait. Jamais Mona n'avait vu ses filles aussi heureuses. Avec la lumière qui faisait briller leurs yeux et illuminait leurs visages, elles lui paraissaient toutes jolies, avec une petite préférence, cependant, pour Alison, que ce grand garçon brun aux yeux bleus — Eamun — serrait de près, très près, de si près que Mrs Dyce aurait dû mettre le hola! Mais Alison était sa petite fille, son baby, le dernier qu'elle avait eu. Les Irlandais appelaient Mrs Dyce, « mummy » et dans cette appellation un peu trop familière, Mona goûtait, d'avance, la joie d'avoir des petits-enfants qui lui grimperaient sur les genoux.

***

Gregor Dyce rentrait chez lui dans un état d'énervement extrême. Il s'en voulait d'avoir perdu un match qu'il n'aurait jamais dû perdre et cela parce qu'il avait été assez bête pour se gorger de whisky au point de ne plus rien voir! Fallait-il être stupide! A un autre, il n'eût jamais pardonné un pareil comportement! En se rappelant l'insolent triomphe de Shan Loughrea et la courte bataille — vite interrompue par la police — qui s'en était suivie, il enrageait. Il aurait aimé rencontrer quelqu'un qui s'en serait pris à lui pour n'importe quoi. Il lui aurait cogné dessus avec un réel plaisir. De plus, Dyce souffrait de sa blessure légère, mais si mal placée qu'à chaque pas il ressentait une sorte de brûlure.

Gregor grimpa ses escaliers en grimaçant. Sur le point d'atteindre le palier où s'ouvrait son appartement il resta le pied en l'air. Était-il possible que ce fût de chez lui que lui parviennent ces rires, ces cris, ces chants ? Mona n'était pourtant pas devenue subitement folle ainsi que ses filles ? Soudain, Gregor se souvint que les sweetharts anglais des petites devaient venir prendre le thé. Dyce eut un méchant rictus. Si ces gens-là estimaient pouvoir se permettre de festoyer pendant que le maître du logis connaissait des instants pénibles, ils se trompaient ! L'Écossais souhaitait ardemment que l'un des jeunes hommes le prît de haut avec lui. En dépit de sa fesse meurtrie, Gregor se sentait de taille à lui administrer une râclée. L'Écossais savourait d'avance le désarroi de sa femme et de ses filles, mais quoi ? Il fallait bien que quelqu'un payât pour les maudits Irlandais ! Il ouvrit la porte d'un coup de pied en hurlant :

— Foutez-moi tous...

En proie à la même déroute que sa femme quelques heures plus tôt, Gregor, la poitrine étreinte dans un étau, le souffle court, la gorge serrée, regardait les trois Loughrea. Les trois Loughrea qui avaient eu l'audace de s'installer chez lui comme en pays conquis ! Tout de bon, le père bafoué crut qu'il allait mourir d'une attaque ! Il réussit à croasser :

— Dehors ! vous entendez, salopards ! dehors !

Alors, devant les yeux exorbités de l'Écossais se déroula une scène qui lui donna à penser qu'il était victime d'un cauchemar. Les garçons, sans se soucier de lui, embrassaient Fiona, Elspeth et Alison. Mais Dyce dut se cramponner à son fauteuil quand il vit les Irlandais embrasser Mona à tour de rôle et lorsqu'il entendit Eamun l'appeler belle-maman. Il poussa un hurlement-huhulement qui dut être perçu jusque dans le voisinage immédiat de la Tour de Londres. Le sergent Stonoway qui arpentait le secteur, dressa l'oreille et demeura quelques instants aux écoutes. Cependant, sans se soucier de ce numéro vocal hors série, les frères Loughrea défilèrent devant Gregor en le remerciant pour la bonne après-midi passée avec ses filles. Ils lui tapèrent sur l'épaule, lui serrèrent la main et Eamun se permit de l'embrasser sur les deux joues en lui chuchotant :

— Au revoir, beau-papa, à demain!

Mona et les petites, apeurées, épiaient la réaction de leur époux et père après le départ de leurs invités. L'Écossais ouvrit la bouche pour lancer une série de jurons, de malédictions et d'imprécations promettant tous d'être plus affreux les uns que les autres, mais il ne put émettre qu'une espèce de gargouillis qui impressionna sinistrement les quatre femmes. Elles s'approchèrent, timides, craintives, mais Dyce ne réagit pas lorsque soutenu par toutes, il gagna son lit. Une fois couché, il les fixa, tout en répétant :

— C'est pas possible... Je rêve... C'est pas possible...

Jamais encore, elles ne l'avaient vu dans cet état et quand il refusa le whisky qu'on lui proposait, elles furent convaincues que des temps nouveaux étaient vraiment venus.

***

A soixante-dix-huit ans, Mildred Barrow continuait à vivre dans l'atmosphère de l'époque victorienne où ses parents — qui en étaient des nostalgiques — l'avaient élevée. Elle en avait gardé les dentelles, les failles et les moires. En se levant, sitôt sa toilette faite, elle se harnachait de bijoux de pacotille, se vêtait d'oripeaux ayant survécu aux catastrophes de l'histoire contemporaine. Héritière aussi des idées bornées de son père et de sa mère, Mildred se serait crue déshonorée de gagner sa vie. Elle estimait être issue d'un milieu assez « comme il faut » pour se prétendre demoiselle de qualité et elle s'indignait de ce que dans la rue où habitait les Loughrea et où elle logeait, dans un taudis encombré de vieilleries n'ayant jamais trouvé preneur, on ne la traitât pas toujours avec le respect qu'elle jugeait lui être dû. Miss Barrow vivait dans une sorte de rêve auquel ni le froid, ni la faim, ni la maladie n'avaient pu l'arracher. Elle attendait depuis longtemps, et elle attendrait, sans doute, jusqu'à sa mort, l'hypothétique secours d'un vague parent qu'elle n'avait jamais vu, mais qu'elle réputait occupant une situation importante au gouvernement. En réalité, il était huissier et introduisait les visiteurs d'un Sous-Secrétaire d'État. Elle ignorait son adresse. Il appartenait à ce monde de phantasmes où la malheureuse vieille fille se cramponnait chaque jour un peu plus pour trouver la force de ne pas céder au désir d'en finir avec l'existence en allant se jeter dans la Tamise.

Une nourriture insuffisante, une santé détraquée, l'impossibilité de s'acheter un minimum vestimentaire, faisaient que Miss Barrow passait l'hiver au lit et la belle saison à sa fenêtre. Une nervosité qui ne cessait de s'aggraver lui donnait une insomnie nocturne quasi permanente. Elle se distrayait en guettant ce qui se passait dans la rue pendant les heures de la nuit. Elle connaissait ainsi les habitudes et les amours de tous les chats du coin. Elle repérait du premier coup d'œil le nouveau venu et vivait, tendue, dans l'attente des drames félins que cette présence insolite déclencherait fatalement. Elle s'intéressait un peu moins aux mœurs de ses contemporains. Pourtant, elle avait épié le retour de Maureen et d'Andrew. Elle croyait avoir reconnu l'assassin. Au lendemain de cette nuit mémorable où le tumulte déclenché par la police avait empêché le quartier de dormir, Mildred s'était interrogée sur ce qu'elle devait décider : irait-elle ou non confier au Superintendent ce qu'elle savait et donc permettre l'arrestation du coupable? La sympathie qu'elle avait toujours éprouvée pour la petite Loughrea la poussait à une démarche qui, vu son état, relevait de l'exploit. Toutefois, la conviction qu'elle était un être à part, d'une essence supérieure, contrainte par les circonstances à vivre dans un milieu indigne d'elle, l'inclinait à se désintéresser du meurtre. Dans l'incertitude où elle se débattait, Miss Barrow eut recours à Betsy pour tenter d'en obtenir le conseil sauveur.

Betsy était une perruche dont la longévité — si elle avait été officiellement constatée — eût plongé le plus savant ornithologue dans une perplexité profonde et l'eût fait douter de connaissances acquises au cours de longues et patientes études. Miss Barrow affirmait, à qui voulait l'entendre, que cet oiseau lui avait été remis par son oncle, l'amiral, pour ses dix-huit ans! Hélas! renseignements pris, l'amiral n'était qu'un marin-pêcheur de Cornouailles et si l'on en devait croire sa propriétaire et amie, la perruche aurait soixante ans, ce qui est beaucoup.

Dans l'implacable solitude où Mildred mourait lentement, Betsy, unique confidente, avait pris une importance démesurée. La vieille femme ne décidait rien, même les gestes les plus élémentaires, sans solliciter l'avis de sa compagne ailée : « Qu'en dites-vous, Betsy, je crois qu'il serait temps de me laver... » — « Eh bien! Betsy, je suis certaine que vous serez de mon avis à propos de cet ivrogne de Shan Loughrea... » — « Betsy, avez-vous vu le nouveau constable affecté au quartier? » — Toute la journée, il en était ainsi. Cette petite vie à côté de la sienne donnait à la pauvre créature l'impression de n'être pas complètement retranchée des vivants.

Partagée entre le désir de venger Maureen et la crainte de se risquer dans un monde qui, peu à peu, l'épouvantait, Miss Barrow avait hésité.

— Estimez-vous, Betsy, qu'une personne de ma condition ait le droit de ne pas se porter au secours de la Justice? Non, n'est-ce pas? De plus, Maureen était une charmante enfant qui me rappelait la fille de la comtesse de..., mais je ne vous confierai pas le nom, vilaine curieuse que vous êtes! N'insistez pas, Betsy, vous me désobligeriez! Et puis, ne boudez pas, à votre âge, ce serait ridicule!

Persuadée que la perruche l'approuvait, Mildred décida de se rendre au poste de police. Alors, se posa le problème de l'habillement indispensable pour se risquer au-delà des limites du quartier où ses accoutrements bizarres suscitaient plus de pitié que de railleries. En vérité, la vieille épave laissée sur le rivage de notre époque par une civilisation disparue, avait été prise en charge par les habitants de la rue. Les gosses lui montaient ce qu'il fallait pour ne pas mourir de faim et quand on ne l'avait pas aperçue de la journée il y avait toujours quelqu'un pour venir voir si rien de fâcheux ne lui était arrivé. Ayant sorti d'un coffre vermoulu les échantillons fatigués d'un monde perdu dans le passé, Miss Barrow s'habilla à la façon d'une demoiselle d'âge mûr qui, en 1910, se serait rendue chez son sollicitor pour une question d'héritage ou de placement.

Le planton montant la garde devant le poste de

police, se frotta les yeux avec énergie. Il n'était pas possible que la légère « cuite » prise la veille à l'occasion de l'anniversaire de son mariage, lui flanquât des hallucinations vingt-quatre heures plus tard! Pourtant, il la voyait, cette bonne femme! Elle semblait même se diriger vers lui... Incroyable! Le constable pensa, durant une fraction de seconde, que cet être étrange s'était échappé du Musée de Mme Tussaud. Lorsque la femme — car il s'agissait décidément d'une femme — se planta devant lui, le policeman crut plonger dans une atmosphère imprégnée de naphtaline. Comme elle le contemplait sans mot dire, le planton amusé, s'enquit :

— Et alors, Madame?

— Je veux parler au Superintendent.

— A quel sujet?

— Ça ne vous regarde pas.

— Ah?... Dans ces conditions, Madame, je crains que ce ne soit difficile.

Elle eut un petit rire méprisant.

— Vraiment? Eh bien! jeune homme, filez donc lui annoncer que Miss Barrow est là et vous verrez s'il ne s'empressera pas de me recevoir.

— J'en suis moins convaincu que vous, Madame.

— Allez donc vous en assurer!

— Écoutez, Madame, qu'est-ce que vous penseriez de rentrer chez vous en voiture, hé?

— En voiture?

— Mes collègues se feraient un plaisir de...

— Et la Grande Charte, jeune homme, qu'est-ce que vous en faites?

Sans aucun doute, le constable Stuart Fincley n'avait jamais pensé à faire quoi que ce soit de la Grande Charte et ne pensait pas qu'un jour pût venir où il aurait à en faire quelque chose. Il fixa la bonne femme avec des yeux ronds.

— La Grande Charte, hein? Et qu'est-ce que vous voulez que j'en fasse, Madame?

Mildred, à son tour, toisa son interlocuteur avant de lui répondre :

— Un homme comme vous, certainement rien. Sautez me chercher le Superintendent, mon garçon, j'ai assez perdu de temps!

— Que j'aille chercher le... et puis peut-être que je dois vous l'envelopper?

— Quoi?

— Ne vous énervez pas, Madame, ne vous énervez surtout pas! Je vais appeler des amis, de véritables gentlemen qui vous conduiront dans une grande maison avec un grand jardin et un grand...

— ... et un grand idiot comme vous pour me conduire sous la douche, pas vrai? Puisque vous me semblez décidé à vous moquer d'une personne de mon rang, je serai obligée de parler de vous à mon cousin du gouvernement!

Petit à petit, ainsi qu'il en est toujours entre ceux qui discutent sur des plans différents, Miss Barrow et le constable en vinrent à se parler de plus en plus sèchement, à échanger des propos aigres-doux, puis nettement agressifs, injurieux pour terminer. Cela n'alla point sans un certain bruit qui alerta le sergent Stonoway lequel crut bon de s'enquérir de ce qu'il se passait. Stuart Finchley expliqua à son supérieur que son interlocutrice ne paraissait pas jouir de toutes ses facultés, ce à quoi Mildred répliqua en déclarant qu'il y avait quelque chose de pourri au royaume d'Angleterre et que si le simple souhait de s'entretenir avec un Superintendent méritait le cabanon, alors Miss Barrow avait le regret de constater que la soi-disant démocratie britannique n'avait plus rien à envier aux défunts régimes fasciste et nazi. Le sergent Stonoway estima qu'en pareil cas il est préférable d'avoir recours à la douceur.

— Puis-je me permettre de vous prier de me confier le sujet dont vous désirez entretenir le Superintendent ?

Conquise par la courtoisie de cet homme mûr, Mildred ne fit plus aucune difficulté pour répondre :

— Le meurtre de Maureen Loughrea.

L'intérêt du sergent grimpa aussitôt de plusieurs degrés tandis qu'aux oreilles du constable angoissé soufflait le vent des gaffes compromettant l'avenir des carrières les plus appliquées.

— Auriez-vous appris du nouveau à ce sujet, Madame ?

— J'ai vu et je connais l'assassin.

Sans plus tergiverser, le sergent attrapa la vieille fille par le bras et l'entraîna chez le Superintendent à qui, en deux mots, il exposa l'affaire avant de se retirer. Après avoir longuement contemplé cette épave d'un autre temps, Orpington dit doucement :

— Je vous écoute, Madame.

— Il est nécessaire, monsieur le Superintendent, que vous sachiez que je ne suis pas n'importe qui. Ma famille comptait parmi les plus notables en son temps et seuls des déboires commerciaux la contraignirent à ne plus vivre selon son rang. Ce n'est toutefois pas une raison pour que vos gens me considèrent comme étant du commun. Je suis une lady et j'entends être traitée en lady!

Orpington qui connaissait bien ce genre de témoin, était quand il le fallait, doué d'une patience infinie.

— Vous avez raison, Madame.

— En outre, un de mes parents travaille au gouvernement et pourrait, le cas échéant, me venir en aide si l'on manquait par trop au respect qui m'est dû.

— Je ne pense pas que ce sera nécessaire, Madame.

— Cela a failli l'être, sir!

— Vous m'en voyez au regret, Madame... et à propos de ce meurtre au sujet duquel vous avez la bonté de vouloir nous aider?

— J'y arrive. Je dois d'abord vous avouer que je souffre de graves insomnies. J'ai hérité cet inconvénient d'une mère nerveuse et d'un père accablé de soucis.

Pendant qu'Orpington s'imposait l'effort de ne pas céder à son envie de flanquer la bavarde à la porte, celle-ci énumérait les raisons de la nervosité de feue sa maman et des préoccupations constantes de feu son cher papa. Puis elle passa à sa propre personne et enfin, après cette interminable navigation, toucha le port où le Superintendent l'attendait avec une impatience qui allait s'amenuisant à une vitesse de plus en plus grande.

— Pour me résumer, Sir, je dirais que j'ai vu, de mes yeux vu, Maureen raccompagnée par un garçon que je savais être Andrew Dyce. Ils se sont séparés après une étreinte qui m'a profondément choquée... Les mœurs d'aujourd'hui... Dieu Tout-Puissant! si je me permettais de pareilles libertés, mes parents sortiraient de leurs tombes!

Orpington faillit remarquer que Mr et Mme Barrow pouvaient continuer à dormir en paix.

— Assez longtemps, Maureen Loughrea est restée sur le trottoir devant l'entrée de sa demeure pour suivre des yeux son bien-aimé qui s'éloignait. Au moment où elle s'apprêtait à rentrer, on a dû l'appeler, car elle s'est retournée brusquement, mais pas du tout dans la direction où était parti Andrew Dyce. Un autre homme s'est alors montré et a attrapé Maureen par le coude. Elle s'est dégagée. Il l'a poussée dans le couloir de la maison. Il est ressorti quelques secondes plus tard et a filé en courant.

— Vous connaissez vraiment cet homme?

— Il me semble, mais il faudrait que je le revoie de près pour être sûre.

— Vous ne voulez pas me dire à quel suspect vous pensez?

— Ça ne serait pas loyal... et Betsy pense sûrement comme moi.

— Une parente?

— Ma perruche.

Orpington jugea prudent de ne pas insister et décrocha le téléphone :

— Stonoway, est-ce que Newham est de retour? Oui? alors, dites-lui d'aller me chercher Loughrea et ses fils. Quant à vous, ramenez-moi en vitesse Dyce et son rejeton. Au galop, hein?

Le Superintendent raccrocha et le sourire aux lèvres :

— Miss Barrow, la police de Sa Majesté sera heureuse de vous offrir, dans un instant, une tasse de thé.

— Avec des toasts?

— Avec des toasts.

La dignité de la visiteuse s'effondra un peu devant la perspective de ce régal. Néanmoins, elle ne voulut pas sombrer.

— Ce... ce n'est pas que j'aie faim, naturellement, mais disons qu'en pensant à cette terrible histoire, j'ai quelque peu négligé de me nourrir depuis... depuis un certain temps.

Apitoyé, Orpington dit avec gentillesse :

— J'en suis persuadé, Madame.

Afin qu'ils puissent se rabibocher, le Super confia au constable Finchley le soin d'organiser les modestes agapes de Miss Barrow. Le policeman s'acquitta de sa tâche de son mieux et en témoignant de l'empressement le plus déférent, ce qui ravit l'hôte d'Orpington. Après avoir absorbé un nombre impressionnant de toasts et bu un énorme pot de thé, Mildred se sentait d'humeur sociable et examinait d'un regard presque attendri le jeune Finchley auquel elle découvrait de belles et bonnes manières. Elle se disposait à lui raconter sa vie sentimentale composée de rêveries que l'habitude et le temps lui faisaient prendre pour réalités, lorsque le Super se glissa dans l'entrebâillement de la porte.

— Miss Barrow, les suspects sont rassemblés dans mon bureau. Vous les examinerez avec soin en prenant tout votre temps, puis je les ferai sortir et quand nous serons de nouveau seuls, vous et moi, vous me direz celui que vous avez reconnu pour le meurtrier de Maureen Loughrea. Inutile de vous préciser que vous ne risquez absolument rien, l'inspecteur Newham, le sergent Stonoway, le constable Finchley et moi-même sommes là pour vous protéger. On y va?

— On y va!

Dans le bureau, ils ne savaient pas exactement pourquoi les policiers étaient venus les arracher à leurs travaux quotidiens. Ils avaient peur, et se rendant responsables les uns et les autres de leur commune angoisse, ils se lançaient des regards féroces. Miss Barrow toute petite, toute menue, toute fragile, vieille poupée de porcelaine craquelée par les années enfuies, marchait à pas lents devant les suspects, à la façon du paysan d'autrefois, sur le foirail, examinant les bêtes proposées. On avait placé les Dyce et les Loughrea sur un rang, Finchey s'était interposé entre eux et Mildred défila sur ce front, s'arrêtant pour les inspecter l'un après l'autre, minutieusement. Elle l'avait d'ailleurs repéré dès son entrée, mais elle avait feint de ne pas le remarquer particulièrement, espérant ainsi lui donner le change. Au fond, Miss Barrow commençait à s'inquiéter. Peut-être n'avait-elle pas eu une très bonne idée en se mêlant du travail de la police... Il faudrait qu'elle en parle à Betsy. Le Superintendent, ayant renvoyé tout le monde, demeura seul avec Miss Barrow.

— Alors?

— Ma foi, je ne sais pas... je ne sais plus...

Orpington la regarda attentivement.

— J'ai l'impression, Madame, que vous ne me dites pas tout à fait ce que vous pensez.

Elle s'entêta :

— Je vous verrai demain.

— Pourquoi demain?

— J'ai besoin de réfléchir... Une accusation de meurtre, c'est très grave... on ne peut pas agir à la légère...

L'officier de police secoua la tête.

— Non, Miss Barrow, ce n'est pas cela.

— Je vous affirme...

Il l'interrompit :

— Et si vous me confiiez de quoi ou de qui vous avez tellement peur?

Elle se leva de sa chaise où elle était assise.

— Je veux m'en aller!

Orpington comprit qu'il n'en tirerait rien.

— A votre guise... Dès que vous vous serez décidée.

— Oui... oui... je vous le promets.

Elle partit très vite et sitôt que se fut éteint l'écho de son pas, le Super appela Newham qui bouillait d'impatience.

— On a son nom? Je peux y aller?

— Non...

Le désappointement de l'inspecteur se résuma dans cette remarque désabusée :

— C'eût été trop beau, aussi...

— Et pourtant, Michaël, je suis persuadé qu'elle a reconnu le meurtrier... Je ne comprends pas pour quelles raisons elle n'a pas voulu le nommer... Elle doit avoir peur... A moins...

— A moins?

— ... qu'elle ne tente un chantage dangereux. Stonoway m'a donné des renseignements sur cette malheureuse... Elle est un peu folle et surtout très, très misérable. Alors, l'attrait d'un gain... fût-il malhonnête... Que voulez-vous, Michaël, la pauvre fille n'a sûrement pas les moyens de rester complètement honnête.

— Vous croyez, vraiment, qu'elle oserait?

— Elle se tient pour quelqu'un d'à part... presque intouchable... D'ici à se figurer que tout lui est permis...

— On la laisse faire?

— Vous avez un moyen pour l'en empêcher? Le plus simple est de la surveiller et de la protéger, le plus discrètement possible. Arrangez ça avec Stonoway... Je compte sur vous.

3

Au moment où il prenait place à table avec ses fils et sa femme, Shan ne put se tenir de remarquer :

— Je me demande si elle l'a reconnu?

Patrick ne le pensait pas et, selon une très ancienne habitude, Seamus partageait l'opinion de son aîné. Au contraire, Eamun déclarait que pour lui cela ne faisait aucun doute : Miss Barrow savait qui était le meurtrier de Maureen. Molly se fâcha et déclara qu'il était honteux de ne pas laisser cette chère vieille femme en repos.

— Elle ne sait probablement rien, seulement elle a voulu se donner de l'importance. Mildred aimait beaucoup Maureen et la disparition de celle-ci dans d'affreuses circonstances avait dû achever de faire basculer le peu de raison qui restait à ce fantôme des temps anciens. Pour venger Maureen, elle inventait et que la police accordât la moindre attention aux propos de cette demi-folle ne plaidait pas en sa faveur.

Mrs Loughrea n'était pas parvenue à convaincre son mari qui, lorsqu'elle se tut, affirma :

— Je suis de l'avis d'Eamun... Miss Barrow n'avait pas du tout l'air idiot quand elle nous examinait.

Patrick s'exclama :

— Dans ce cas, pourquoi qu'elle l'a pas désigné l'assassin ?

Eamun se chargea de la réponse.

— Peut-être parce qu'elle n'avait obtenu qu'une preuve négative.

Seamus grogna :

— Ça veut dire quoi votre charabia ?

— A mon idée, la vieille a compris qui était le meurtrier parce que le type n'était pas là...

Patrick haussa les épaules, dégoûté :

— Non, mais, écoutez-le ? On se demande où il va chercher ce qu'il raconte !

Seamus ricanna :

— Le besoin de se faire remarquer !

Lorsqu'il était à jeun, Shan passait pour encore intelligent.

— Je comprends ce que dit Eamun... C'est en ne voyant pas avec nous celui qu'elle a cru voir attaquer Maureen qu'elle a compris qui c'était... Alors qui c'est qui manquait puisque nous étions nous quatre, ces deux saloperies de Dyce, Newham, Stonoway, le jeune Finchley et le Super ?

— Des tas ! A commencer par les English qui

courtisaient nos petites amies avant qu'on intervienne.

Loughrea tapa sur la table.

— Si c'est un des English, je lui tordrai le cou de mes propres mains! Seulement, je peux pas les zigouiller tous les trois... Faut être juste... Alors, vous devinez ce que je vais faire? Rendre visite à Mildred! Elle me connaît depuis si longtemps qu'à moi, elle révèlera la vérité... C'est quand même ma fille qu'on a tuée, hein? Et lorsqu'elle m'aura glissé le nom, je rapplique et ensemble on ira lui ôter l'envie de courir les filles à cette ordure!

Eamun essaya vainement de tempérer l'enthousiasme guerrier de la famille

— Faudra prendre garde à vous, dad... Ça m'étonnerait pas que les flics surveillent la maison de Miss Barrow.

— Ne vous tracassez pas, Eamun. Quand votre vieux père ne veut pas être vu, on ne le voit pas.

*
* *

Ayant repoussé son assiette vide, Dyce se leva pour gagner son fauteuil à bascule où, après avoir bourré et allumé sa pipe, il s'adressa à son fils.

— Si mon avis vous intéresse, Andrew, je vous dirai que je me demande jusqu'à quel point la police a le droit de nous arracher à nos travaux pour distraire une bonne femme aux trois quarts piquée?

— Et si elle avait vraiment vu l'assassin?

— J'ai le regret de constater, fils, que vous êtes devenu complètement idiot, privilège que vous partagez avec vos sœurs.

Mona susurra :

— En somme, Gregor, dans la famille, il n'y a que vous d'intelligent ?

— Je le crois. Ce n'est pas surprenant, puisque je suis le seul représentant de la pureté du sang des Dyce. Vous, vous n'êtes jamais que des bâtards des Dyce.

— A cause de moi, peut-être ?

— Forcément, à cause de vous, Mona, puisque vous êtes leur triste mère.

Alison, outrée, s'écria :

— C'est malheureux d'entendre un homme parler comme ça, de sa propre épouse, de son fils et de ses filles !

Gregor, qui ne se rappelait plus les incidents récents l'ayant opposé aux siens, se figurait encore jouir de son autorité ancienne. Aussi, se contenta-t-il de répondre :

— Je connais certaine personne qui pourrait bien recevoir une râclée pour lui apprendre le respect dû à son père !

Alison n'était pas de celles qui cèdent facilement.

— Comment pourrait-on respecter quelqu'un qui ne respecte personne ? Quelqu'un qui croit qu'il y a qu'à cogner plus fort que les autres pour avoir raison ?

— Et qu'est-ce que peut penser un père de ses

enfants assez dépourvus de respect d'eux-mêmes pour fréquenter des Irlandais ?

La solide Fiona entra dans la danse :

— D'après l'échantillon que nous avons sous les yeux depuis si longtemps, je vois vraiment pas en quoi un Irlandais pourrait être pire qu'un Écossais !

— Cette fois, ma belle, vous avez été trop loin !

Tout de bon, Gregor se figurait encore à Austerlitz alors qu'il se trouvait déjà à Waterloo. Il se leva, empoigna sa canne, mais dans un identique mouvement, les femmes se dressèrent et s'armant de ce qui leur tombait sous la main, lui firent face. Seulement alors, Gregor comprit que son règne autocratique prenait fin. Il toisa ses adversaires, haussa les épaules et, se rasseyant, constata avec amertume :

— Je n'ai plus de famille... Les enfants de Caïn se sont révoltés... Cependant les méchants se réjouissent toujours trop tôt de leurs triomphes apparents... et si Miss Barrow m'avouait que le meurtrier est un de vos sacrés Irlandais ?

Alison s'indigna :

— Même en Irlande, quoi que vous paraissiez en penser, on ne se distrait pas en étranglant sa fille ou sa sœur !

— Si ! quand elle souille l'honneur de la maison ! Et si j'étais digne de mes pères, je vous estropierais toutes, tant que vous êtes, plutôt que de vous laisser fréquenter des Irlandais !

Une fois de plus, Gregor Dyce quitta son foyer en tremblant de fureur mal contenue.

Andrew n'avait pas pris part au débat. Le garçon était en proie aux affres du doute. Plusieurs fois, il avait rencontré Kathleen Mac Murphy pour parler de Maureen. Toutefois, il prenait conscience qu'ils s'entretenaient de moins en moins de la morte. Andrew en arrivait à se demander s'il n'était pas en train de reporter sur la vivante la tendresse qu'il vouait à la disparue. Ce problème qu'il lui fallait résoudre au plus vite, lui ôtait l'envie de se mêler à des querelles qui, au regard de ses préoccupations, lui apparaissaient sordides.

*
* *

Mildred n'osait pas se mettre au lit. Elle redoutait les heures à venir sans trop deviner ce qu'elles étaient susceptibles de lui apporter. La peur fouette l'imagination et la pauvre vieille confiait à sa perruche, son angoisse :

— Voyez-vous, Betsy, je n'aurai pas dû... Mais les autres font si peu attention à moi que j'aurais souhaité qu'on puisse dire : vous seriez-vous figurée cela, ma chère? cette Mildred Barrow qui nous semblait si terne, si insignifiante et voilà qu'à cause d'elle, un assassin sera pendu!... Et puis, Betsy, j'aimais beaucoup Maureen Loughrea.

Elle se tut brusquement en entendant le bruit léger

d'un pas furtif dans l'escalier... Un pas qui se rapprochait... Alors, Miss Barrow sut qu'elle allait mourir... Elle chuchota :

— Je pense que nous devrons nous quitter bientôt, Betsy...

La porte s'ouvrit doucement, lentement et quand Mildred vit celui qui entrait, elle eut l'inutile satisfaction de constater qu'elle ne s'était pas trompée. L'homme ne prononça pas un mot. Mildred ne songea pas à crier. A quoi bon? Lorsque les mains du tueur se refermèrent sur son cou, sa dernière pensée fut pour la perruche : qu'allait-elle devenir?

*
* *

On approchait de minuit. Le sergent Stonoway toucha le coude de l'inspecteur Newham et chuchota :

— Regardez ...Un type sort de la maison!

Depuis dix heures du soir, Newham et le sergent avaient discrètement quadrillé le coin et Michaël effectuait ronde sur ronde pour se rendre compte si les policiers prenaient leur tâche au sérieux. Il n'était pas enclin aux stratégies subtiles et compliquées, il fonçait :

— Avec moi, Sergent! Vous aussi, Finchley!

Ils tombèrent sur Shan Loughrea en l'attrapant chacun par un bras. L'Irlandais contrairement à son habitude, n'opposa aucune résistance. Il se contenta de regarder les policiers d'un regard si dénué d'expression que le sergent en fut intrigué.

— Pourquoi rôdez-vous par ici, Loughrea?

— Elle est morte...

— Qui est mort?

— Miss Barrow.

Newham sursauta :

— Hein? Quoi? Canaille! Sergent, les bracelets et au poste! Je vais voir. Finchley, venez!

Le corps de Mildred était allongé sur le plancher. La perruche devenue folle se jeta sur le jeune policeman qui protégea son visage de ses mains. L'oiseau se précipita alors sur Newham qui, d'un coup de poing, l'assomma. Puis le policier s'en fut ouvrir la fenêtre et siffla. Aussitôt, les flics sortirent de leur cachette et le remue-ménage commença. Stonoway, revenant du poste de police, aperçut Dyce s'éloignant de l'angle du mur où il se tenait à l'abri. Le sergent n'eut pas de peine à le rejoindre.

— Eh bien! Dyce, on s'occupe de ce qui ne nous regarde pas?

— Je... je me promenais, c'est mon droit, non?

— Et juste là où on assassine quelqu'un, curieux, non?

— Ah... Qui a-t-on assassiné?

— Vous ne vous en doutez pas un peu?

— J'en étais sûr! C'est cette crapule de Loughrea! Andrew avait raison : elle l'avait reconnu tantôt!

— Et si c'était vous qu'elle avait reconnu, Mr Dyce?

— Moi ? Vous êtes fou ou quoi ?

— Comme d'une part, je ne peux pas satisfaire franchement à votre curiosité et que, d'autre part, je ne tiens pas à retarder trop longtemps notre discussion sur ce point, je vais vous mettre sous clef. Allez, en route !

— Où m'emmenez-vous, Sergent ?

— Mr Dyce ! A votre âge ! Des questions aussi stupides ! Vous n'avez pas honte ?

Presque au même instant, une des patrouilles de Newham interpella les trois frères Loughrea lesquels ne firent point de manières pour rejoindre leur papa dans cette cellule qui, depuis quelque temps, semblait être devenue leur résidence secondaire. Andrew Dyce ne protesta pas davantage lorsqu'un constable le pria de l'accompagner au poste pour expliquer ce qu'il fichait dissimulé sous le porche de la maison joutant celle de feue Miss Barrow.

Orpington, réveillé dans son demi-sommeil, était d'une humeur farouche quand il parvint à son bureau.

CHAPITRE IV

I

Le Superintendent Orpington était très fier d'avoir suivi les cours du St John's College à Cambridge. Il y avait acquis une éducation lui faisant un devoir de ne jamais tomber dans les pièges de la vulgarité. Pourtant, cette nuit-là, dans son bureau, il usait d'un répertoire qui stupéfiait l'inspecteur Newham.

— Enfin, N... de D...! de N... de D...! Newham, je me soucie de vous prévenir pour que vous ayez le temps de prendre toutes vos précautions et on assassine notre témoin, notre protégée sous vos yeux! Qu'est-ce que vous foutiez donc, Stonoway et vous?

— Nous n'avons pas vu entrer le meurtrier, Monsieur... Dans ce quartier, il y a des passages entre les maisons que connaissent seuls les vieux habitants... En tout cas, si nous ne l'avons pas aperçu quand il pénétrait chez Miss Barrow nous l'avons empoigné lorsqu'il en sortait!

— Parce que vous êtes persuadé que c'est Shan Loughrea qui a tordu le coup à la pauvre Mildred?

— Et comment!

— Vous avez une preuve susceptible de convaincre un jury?

— Il me semble que sa présence sur les lieux ...

— Et celle de ses trois fils? Et celle de Dyce et de son rejeton? Voulez-vous m'expliquer en quoi ils sont, apparemment, moins suspects que Loughrea?

— Ma foi, Monsieur, il n'a fait aucune difficulté pour reconnaître qu'il s'était rendu chez Miss Barrow.

— Peut-être y est-il arrivé tout simplement avant les autres?

— Si vous prenez sa défense...

— Je m'efforce d'être impartial, Inspecteur, à votre différence! J'ignore ce que les Irlandais vous ont fait mais vous ne pouvez pas les souffrir. Est-ce que je me trompe?

— Ce sont des gens qui ne pensent qu'à se battre! Partout où ils s'installent, il faut dire adieu à l'ordre et au respect des lois!

— Je conviens qu'ils sont difficiles à supporter. Ce n'est cependant pas une raison pour les accabler à chaque occasion. Entre nous, Michaël, je ne sais pas encore ce que fabriquaient tous ces casse-pieds autour de la maison de Miss Barrow... Toutefois, si je devais en soupçonner particulièrement un d'y être venu dans un mauvais dessein, mon choix se porterait sur cette brute fanatique qu'est Gregor Dyce.

— J'ai le sentiment, ce coup-ci, Monsieur, que c'est vous qui êtes de parti pris!

— Eh bien! Cela rétablit l'équilibre... Amenez-moi ces guignols, un par un. Je vais leur montrer, même s'ils ne sont pas coupables, qu'un Super qu'on prive du repos auquel il a droit, doit obligatoirement passer ses nerfs sur quelqu'un.

A la vérité, Orpington n'eut guère l'occasion de montrer sa méchante humeur tant ceux qui comparaissaient devant lui semblaient traumatisés et sans la moindre velléité de jouer les fiers à bras. Quoi qu'il ne fût pas ivre, Shan Loughrea s'avérait incapable d'expliquer son comportement nocturne. Le Super crut comprendre que l'Irlandais s'était figuré que Miss Barrow avait reconnu en Gregor Dyce le meurtrier de Maureen, mais que terrorisée, elle n'avait pas osé le dénoncer. Alors Shan s'était rendu auprès de la vieille demoiselle pour obtenir le nom du criminel et venger son enfant. Lorsque Loughrea avait poussé la porte entrouverte de la chambre où logeait Mildred, il s'était trouvé en présence du cadavre de la malheureuse.

Dyce fit une déposition identique à cette différence près toutefois : sa démarche avait été inspirée par sa quasi certitude de la culpabilité de Shan.

— En somme, vous jugez normal que Loughrea ait étranglé sa fille pour l'empêcher d'épouser votre fils?

— Normal? Sûrement pas! Mais depuis quand les Irlandais se conduisent-ils comme des gens normaux?

Avant qu'on ait pu prévenir son geste, Shan — qui était resté dans le bureau après son interrogatoire — se leva d'un bond et d'un magnifique crochet du droit expédia à terre l'Écossais qui, sur le moment, estima qu'il avait le maxillaire inférieur en morceaux. On se précipita, on sépara les antagonistes et l'Irlandais fut immédiatement reconduit dans sa cellule. Quant à Gregor, Orpington l'assura qu'il avait bien cherché ce qui lui était arrivé et lui conseilla de rentrer chez lui le plus vite possible s'il ne tenait pas à finir la nuit au poste de police.

Les explications des garçons n'apportèrent aucune lumière nouvelle. Les uns et les autres, inquiets de l'attitude de leurs pères respectifs, les avaient suivis, puis perdus sans se rencontrer eux-mêmes. Ne pouvant rien retenir contre les jeunes gens, le Super les fit relâcher. Seul, Loughrea ne devait être libéré que vers 6 h du matin. Orpington le jugeait dans un état second et préférait le savoir à l'abri derrière les barreaux plutôt que dehors où il serait capable de s'abandonner à n'importe quelle sottise.

***

Le sergent Stonoway, qui était de garde, éprouvait une obscure sympathie pour cet ivrogne de Shan

Loughrea. Les deux hommes étaient à peu près du même âge et le policier voyait, avec inquiétude, approcher le moment où il lui faudrait rendre son uniforme et entrer officiellement dans la catégorie des vieux. Il se figurait que l'Irlandais buvait, se battait, parce que lui aussi savait que l'instant approchait où le fantaisiste qu'il était, ne serait plus qu'une épave.

Plusieurs fois, au cours de la nuit, le sergent s'en alla jeter un coup d'œil dans la cellule dont l'Irlandais était le seul occupant. A chacune de ses rondes, il regardait le prisonnier assis sur un escabeau, la tête dans ses mains et les coudes sur les cuisses.

— Vous ne dormez pas ?

— Non.

— Pourquoi ?

— Pas sommeil.

— Vous devez vous reposer.

— Pas possible, Sergent.

— Parce que... ?

— Parce que j'ai peur.

— Vous ! ici ? Et de quoi diable pouvez-vous avoir peur ?

Shan Loughrea leva vers le policier des yeux où Stonoway crut voir, effectivement, la peur qui habitait l'Irlandais.

— De moi.

Le sergent s'éloigna sans répondre. Il ne comprenait

pas exactement ce que ressentait Shan, mais il devinait qu'il était plongé dans une détresse profonde. Il aurait voulu lui venir en aide mais, dans la police, on ne vous apprend pas à consoler son prochain.

A 6 h du matin, suivant les ordres reçus, Stonoway libéra Loughrea.

— Rentrez chez vous, mon vieux, et essayez de ne plus faire le clown sur la voie publique, hein?

— Dites, Sergent, qui c'est qu'a tué ma petite fille?

— Je ne sais pas... mais je peux vous confier que si j'ai la chance d'y mettre la patte dessus le premier, il ne faudra pas qu'on me laisse seul avec lui trop longtemps!

L'Irlandais prit la main du policier dans la sienne :

— Merci.

A travers le souvenir de Maureen, une même tendresse les poussait à se comprendre pour la première fois depuis qu'ils se connaissaient.

***

Shan n'avait aucune envie de rentrer chez lui. En sortant du poste de police, il partit au hasard dans un matin gris où le brouillard transformait le décor quotidien en un univers fantasmagorique. L'Irlandais avançait sans se soucier de deviner où le hasard le conduisait. Pour lui, l'essentiel était de marcher, de se fatiguer pour tenter d'échapper à l'obsession qui lui paralysait le cerveau. Cependant, vieille bête de somme pour qui l'habitude est devenue une seconde nature, Loughrea ne s'éloignait pas — sans en avoir conscience — de Billingsgate Market. On eût dit qu'une main invisible pesait sur son épaule pour le ramener, sitôt qu'il s'en écartait, des endroits qu'il fréquentait journellement.

Shan n'avait aucune envie de rentrer chez lui. Que pourrait-il leur raconter à tous? Molly n'était plus capable de s'intéresser à lui et ses fils ne le prenaient plus au sérieux.

Une cloche tinta quelque part et le son, assourdi par la brume, vint cueillir l'Irlandais au coin d'une rue. Elle éveilla en lui des souvenirs émergeant d'un passé dont il ne se souciait plus depuis longtemps, des souvenirs qui le ramenaient à Dieu et à la foi de son enfance. Dans la détresse née de son incapacité à se faire entendre de qui que ce soit, Loughrea se tourna vers Celui qui est toujours prêt à écouter. Il se dirigea vers la chapelle où il suivait la messe, le dimanche, pour plaire à sa femme. Autour de lui, les passants devenaient plus nombreux. Les travailleurs du matin remplaçaient ceux de l'aube, l'activité quotidienne reprenait possession du quartier. Les garçons devaient coltiner leurs caisses de poisson et l'on devait se demander ce qu'était devenu Loughrea. Non, en vérité, Shan n'avait aucune envie de retourner chez lui.

L'Irlandais entra dans la chapelle où quelques vieilles femmes suivaient l'office du matin. Elles dormaient à moitié sur les bancs et leurs lèvres, rompues à la pieuse gymnastique, marmonnaient des mots dont leur cerveau ne contrôlait plus le sens. Automates usés, elles se levaient, s'agenouillaient, se signaient, s'astreignant à un exercice qui n'avait plus de signification. Elles ne comprenaient pas que leur vie même, par son impitoyable dureté où l'espérance était morte, constituait la plus solide, la plus confiante, la plus méritoire des prières. Shan, appuyé contre un pilier, tentait de raconter au Bon Dieu ce qu'il éprouvait, ce qu'il redoutait. Il n'y parvenait pas mieux qu'avec le Superintendent.

— Ite missa est...

Le curé, Bert Fitzpatrick, les bras largement ouverts, bénissait la maigre assistance qui, dans un trottinement de souris, gagnait la sortie. L'abbé avait repéré Shan. Il réintégra la sacristie d'où, après avoir rangé les instruments du culte et s'être débarrassé de ses vêtements sacerdotaux, il se glissa de nouveau dans l'église et vint taper sur l'épaule de l'Irlandais qui sursauta, ne l'ayant pas vu venir.

— Comment se fait-il que vous soyez-là à cette heure-ci, Loughrea?

En guise de réponse, le père de Maureen haussa les épaules. Toutefois, le prêtre — ainsi que le sergent plus tôt dans la matinée — remarqua les yeux de son paroissien et cela le décida.

— Et si vous veniez bavarder un moment, Shan?

A la sacristie, le curé fit asseoir son hôte sur une chaise et prit place en face de lui.

— Qu'est-ce qui ne va pas?

— Mildred Barrow est morte.

— Morte!

— On l'a étranglée.

— Seigneur! Mais qu'est-ce qu'il se passe donc dans notre coin? Qui vous a mis au courant?

— C'est moi qui ai découvert son cadavre.

— Quand cela?

— Hier soir, tard...

— Où le crime a-t-il été perpétré?

— Chez elle.

— Elle vous avait appelé?

— Non.

Il y eut un long silence, puis le prêtre chuchota :

— Ce n'est pas vous, n'est-ce pas, qui...

D'une voix pleine de larmes, Loughrea gémit :

— Je ne crois pas... je ne sais pas...

— Vous ne savez pas!

— Non! je me rappelle pas! Je bois trop... J'ai des trous dans la mémoire... J'avais décidé d'aller lui parler... Je crois qu'elle connaissait le meurtrier de ma fille...

— Espériez-vous qu'elle vous le nommerait... ou redoutiez-vous qu'elle vous dise qui elle avait vu ce soir-là?

— Je ne sais pas... Il faut venir à mon secours, mon père... Je suis perdu...

— Ne buvez plus et vous redeviendrez un homme digne d'assumer ses responsabilités pour si terribles qu'elles puissent se révéler.

— Je peux pas...

— Pourquoi ?

— Je pense trop au vieux pays...

— Retournez-y !

— J'y crèverais de faim.

— Shan, fasse le Ciel que vous ne soyez pas coupable de ces crimes, car il n'y aurait point de pardon pour vous sur cette terre.

— Et si je priais très fort le Seigneur de m'aider ?

— Alors, priez, Shan Loughrea, priez jour et nuit jusqu'à ce que l'Éternel vous fasse signe.

— Quel signe ?

— Il n'y a que Dieu qui le connaisse. Ayez confiance en Lui. S'il désire que vous reveniez dans son troupeau, il vous le dira d'une manière ou d'une autre. Ce sera peut-être un appel discret, une voix qui chuchotera à votre oreille ou bien un signe éclatant comme celui qui fut fait à Constantin lors de sa bataille contre Maxence quand il vit apparaître une croix lumineuse dans le ciel.

— Une croix lumineuse ?

— Une croix lumineuse ! Maintenant, mon fils,

essayez d'aller en paix... du moins, provisoirement.

Dehors, un peu désemparé par toutes les émotions subies, Shan demeurait immobile sur le trottoir. Les passants se détournaient, l'imaginant ivre. Un homme remarqua à haute voix :

— Déjà saoul, à 7 h du matin ! Si ce n'est pas une honte !

Loughrea eut envie de coller son poing sur le nez de cet imbécile, mais se rappelant ses résolutions, il se contenta de répliquer :

— Non, Mister, je ne suis pas ivre... Je suis malheureux... parce que je parviens pas à me souvenir si j'ai ou non assassiné ma fille.

Il y eut des exclamations horrifiées. Une femme cria : c'est un fou ! Bientôt, les curieux s'agglutinèrent autour de l'Irlandais qui, s'enivrant de ses propres plaintes, se mit à psalmodier une sorte d'auto-critique à laquelle nul auditeur n'ajoutait foi, celui-ci parce qu'il savait qui était le bonhomme, celui-là parce qu'il refusait de prendre au sérieux les monstruosités que débitait ce pauvre type. Cependant, cette confession moquée par les uns, huée par les autres n'alla pas sans déclencher un certain tumulte qui attira l'attention du constable Finchley lequel avait repris ses promenades monotones dans le quartier.

Au poste de police, Stonoway s'emporta :

— Alors, Loughrea, c'est ainsi que vous suivez mes conseils ? A peine sorti, vous recommencez à faire du scandale ?

— Je voulais qu'ils me disent...

— Qu'ils vous disent quoi ?

— Si je suis ou non un assassin.

Le sergent regarda pensivement l'Irlandais.

— C'est ça qui vous tarabuste, hein ?

— Oui !

— Eh bien ! tâchez de vous rappeler... de vous interroger... Il n'y a que vous qui puissiez répondre à cette question... Les autres ne savent rien, ne peuvent rien savoir... Pour ce coup, je passe l'éponge, mais si on vous ramène encore ici, vous n'y couperez pas, mon vieux, je vous enverrai vous expliquer avec le juge des flagrants délits !

***

Shan avait été reçu plutôt fraîchement à la maison. Molly lui avait longuement expliqué qu'il était la honte de la famille, qu'elle n'osait plus se rendre chez les commerçants tant les femmes rencontrées se permettaient des allusions à peine voilées aux aventures de son ivrogne d'époux. Ses fils étaient sans cesse en train de se battre pour défendre la réputation des Loughrea et les porteurs de Billingsgate Market s'apprêtaient à choisir un nouveau représentant, Shan défendant trop mal leurs intérêts. Ils n'avaient plus confiance dans l'Irlandais qui passait son temps à se saouler ou à dormir en prison.

Loughrea, très digne, répliqua qu'il attendait le signe. Les garçons et la mère le contemplèrent, se demandant s'il était ivre.

— Quel signe ?

— Celui que me fera le Seigneur !

Molly, dégoûtée, laissa tomber :

— Ça ne va pas mieux...

Eamun s'enquit :

— Pourquoi le Seigneur vous adresserait-il un signe, daddy ?

— Pour me dire que je suis innocent et qu'il m'accepte dans son troupeau.

Ce fut au tour de Patrick :

— Innocent de quoi ?

— De la mort de votre sœur.

Dans un silence qui suivit, Molly interrogea :

— Vous oseriez plaisanter sur ce sujet, Shan ?

— Non... Je veux savoir si c'est moi qui l'ai tuée sans m'en rendre compte comme j'ai peut-être tué Miss Barrow sans m'en douter.

Mrs Loughrea se leva, empoigna son mari par les revers de sa veste et le secouant :

— Puisque vous parlez de Dieu, Shan Loughrea, priez-le pour que vous ne soyez pas responsable du meurtre de mon enfant parce que autrement je vous tuerai de mes propres mains !

2

Gregor Dyce ne décolérait plus. On eût dit que tout s'acharnait à entretenir chez lui une bile qui n'avait que trop tendance à s'échauffer. Chaque fois qu'il se sentait d'humeur sociable, il voyait quelque chose ou rencontrait quelqu'un qui le faisait jaillir hors de ses gonds, car l'Écossais était un réformateur-né, du moins en ce qui concernait les œuvres et le comportement d'autrui.

Mr Dyce revenait du *Casque et la Rose,* serein, presque enjoué, à la façon d'un honnête citoyen britannique qui a bu ce qu'il fallait de whisky pour envisager l'avenir sous des aspects riants, lorsqu'il crut reconnaître la silhouette du garçon qui marchait devant lui au côté d'une jeune femme que Gregor jugea fort agréable, du moins de dos. Il fallut qu'il ne fût plus qu'à quelques pas du couple pour que l'Écossais reconnût son fils. Ainsi Andrew oubliait sa défunte amie en compagnie d'une autre ! La loi naturelle était respectée et Dyce en riait de plaisir tant cette constatation lui donnait la certitude d'avoir remporté une victoire définitive sur les Irlandais.

Arrivant à la hauteur de son garçon, Gregor lança :

— Alors, Andrew, on se paie du bon temps ? Et se voulant gracieux, il ajouta :

— ... avec cette charmante demoiselle ?

Il était sans doute écrit que Gregor Dyce ne pourrait jamais trouver une occasion de prouver qu'il ne témoignait pas toujours d'un caractère irascible. Froid comme une limande congelée, Andrew répliqua :

— Nous ne prenons pas du bon temps, père, nous parlons de Maureen.

Le papa eut un rire mauvais et montrant Kathleen :

— Ça doit lui faire bien plaisir, pauvre idiot!

— Elle a autant de joie que moi à se souvenir de Maureen qui était sa meilleure amie...

Écœuré, dégoûté, Dyce grogna :

— Décidément, je comprends plus les jeunes...

Le garçon se tourna vers sa compagne :

— C'est mon père, Gregor Dyce.

— Enchantée, Mr Dyce.

— Et voilà Kathleen Mac Murphy.

— C'est pas vrai! Encore une Irlandaise!

Souhaitant se montrer aimable en dépit de tout, la petite demanda gentiment :

— Vous n'aimez pas les filles de mon pays, Mr Dyce?

— Seulement quand elles sont mortes!

Andrew s'emporta :

— Vous n'avez pas honte de parler de la sorte?

— Et vous, qu'avez-vous donc dans le sang pour vous laisser embobeliner par ces Irlandais du diable?

Vous désirez connaître mon avis, Andrew? Vous êtes un dégénéré! Et vous, la sauvage, la sous-développée, il y a longtemps que vous avez jeté vos filets sur cet imbécile?

— Mais Mr Dyce...

Le garçon gronda :

— Taisez-vous, père, ou les choses vont aller très mal!

— Bougre d'idiot! Vous ne voyez donc pas qu'elle vous entortille! Peut-être était-elle l'amie de l'autre garce mais elle a dû vouloir la supplanter dans votre cœur et je serais pas étonné que ce soit elle qui ait zigouillé votre précédente copine!

Andrew protesta :

— Ne répondez pas, Kathleen... L'alcool le rend fou... Chez nous, personne ne peut le supporter... Je ne tiens pas à avoir honte plus longtemps de celui qui, pour mon malheur, m'a donné le jour...

Ils plaquèrent là le bonhomme qui s'époumonait à crier :

— Si vous vous figurez vous en tirer de cette façon, vous vous trompez!

Mais comme les passants s'arrêtaient pour le regarder sauter sur place et s'égosiller, Gregor préféra rentrer chez lui.

Mona comprit que quelque chose n'allait pas lorsque son mari poussa la porte et, du seuil, déclara :

— C'est pas possible, le Ciel doit nous en vouloir pour une raison que j'ignore!

— Qu'est-ce qu'il vous prend, Gregor?

Il jeta sa casquette sur la table d'un geste rageur avant de répondre :

— Il me prend que je pense être damné pour avoir mis au monde, avec votre collaboration, quatre beaux enfants écossais qui s'éprennent tous quatre d'Irlandaise et d'Irlandais! Vous ne prétendrez pas que c'est normal, tout de même?

— Je crains que vous n'ayez jamais rien compris à l'amour.

— Moi? Et c'est vous, ma femme, qui osez proférer pareille insanité?

— Justement parce que je suis votre femme, Gregor.

— C'est malheureux que je ne puisse échanger quelques mots avec vous sans qu'aussitôt vous débitiez des sottises! Et d'abord, où sont les filles?

— Pas encore rentrées.

— Naturellement! Et vous ne savez pas où elles traînent?

— Non.

— Eh bien! Je vais vous l'apprendre! Elles se conduisent comme les éhontées qu'elles sont, en compagnie de trois voyous bruns aux yeux bleus! Vous voyez à peu près à qui je fais allusion? Quant à votre imbécile de fils, je l'ai rencontré, à l'instant, avec une rousse aux yeux verts qui est en train de lui faire oublier son éternel amour!

— Tant mieux! Ça le sortira de son chagrin!

— Mais bon Dieu! Il ne pourrait pas s'en sortir avec une fille de chez nous?

— L'amour, ça se discute pas.

— Mais ça peut se guérir à coups de poings dans la figure et à coups de pieds dans le train!

— Vous êtes odieux!

— Odieux ou pas, je déclare qu'il n'est pas admissible qu'un homme de ma trempe soit le père de ces trois folles et de ce crétin! J'en refuse l'humiliante hypothèse!

Sur ce, l'Écossais alla se laisser tomber dans son fauteuil à bascule où il se balança rageusement. Mona vint se planter devant lui et les poings sur les hanches, avec une audace à laquelle son mari n'était pas encore habitué, s'enquit :

— Est-ce que vous vous rendez compte, Gregor Dyce, que vous avez mis en doute votre paternité?

— Non seulement je la mets en doute, mais je la refuse, je la nie, je la repousse!

— Et moi, dans tout ça, qu'est-ce que je suis?

L'Écossais ricana :

— Pour votre réputation, ma chère, il est préférable de ne pas s'interroger sur ce chapitre!

— Pour ma part, j'ai pas peur de me demander ce que vous êtes Gregor Dyce! Et je me réponds : un malhonnête qui a trahi son serment de protéger partout et en tous lieux celle qu'il prenait pour épouse devant Dieu et devant les hommes ! Un monstre qui a toujours préféré l'alcool à ses devoirs ! Un mari débauché ! Un père infâme ! Un exemple affreux pour tous ! Et si vous, Gregor Dyce, vous regrettez d'avoir les enfants que vous avez, soyez persuadé qu'eux donneraient n'importe quoi pour se réclamer d'une autre père que vous et je vous dis que mon seul regret, c'est de ne pas vous en avoir fait porter au point que vous n'auriez plus pu passer sous le Pont de Londres !

— Attention, Mona ! Attention, vous allez encaisser d'ici peu !

— Osez donc me toucher pour voir !

Défi imprudent. La pauvre Mona n'avait pas fini d'articuler sa phrase qu'elle recevait une gifle qui l'envoyait rouler jusque sous la table. Satisfait, Gregor conclut :

— Vous l'avez cherché, vous l'avez trouvé !

Rasséréné par ce qu'il tenait pour un acte de simple justice, Gregor se plongea dans le commentaire des courses de chevaux, sans plus se soucier de la vaincue.

Mona avait l'impression qu'on lui avait appliqué un fer rouge sur la joue. Quelques jours plus tôt, elle se fût réfugiée dans la cuisine pour y pleurer tout son saoul, mais Molly Loughrea et son rouleau à pâtisserie avait transformé l'optique de Mrs Dyce. Elle se releva péniblement sans que son mari prêtât attention à ses gestes. Elle alla prendre sur le buffet une potiche, la débarrassa des chardons qu'elle contenait, revint vers Gregor, passa derrière lui et murmura :

— Vous n'auriez pas dû, Mr Dyce...

Levant la potiche au-dessus de la tête de son mari, elle la lui fracassa sur le crâne. A son tour, l'Écossais roula au sol, inanimé, le sang ruisselant sur son visage et Mona prit peur : si elle l'avait tué? Sous l'empire de grands sentiments ou d'émotions violentes, Mrs Dyce démontrait une énergie peu commune. Ayant requis l'aide d'un voisin, elle traîna son époux jusqu'à la pharmacie où les clients s'écartèrent pour qu'on put asseoir le blessé. Donald Alwinton, le pharmacien, se pencha, examina de près la blessure et conclut :

— Il a été assommé, mais je ne crois pas qu'il y ait fêlure... C'est la peau du crâne qui a éclaté... Je vais lui arranger ça, puis il ira voir un médecin... Que lui est-il arrivé?

En larmes, Mona confessa :

— J'ai dû cogner un peu fort...

Mr Alwinton, en train de placer des bandes, se redressa :

— Vous?

— Il m'avait insultée et giflée!

— Évidemment...

— Oh! j'ai honte, Mr Alwinton... La prochaine fois, je taperai moins fort.

Lorsque Gregor revint à lui, le pharmacien lui conseilla :

— Vous devriez choisir une autre victime, Mr Dyce... celle-ci me semble un peu coriace pour vous, non ?

L'Écossais sortit au milieu des rires d'une clientèle exclusivement féminine qui retint Mona pour la féliciter et l'embrasser. Toutes, plus ou moins habituées aux brutalités d'hommes rudes, se sentaient vengées.

Gregor ne jugea pas utile de consulter un médecin. La fureur qui le secouait beaucoup plus que la fièvre, l'empêchait de raisonner. Chose étrange : au lieu d'en vouloir à sa femme qui l'avait blessé et l'avait, en même temps ridiculisé, sa hainc sc concentrait sur Kathleen Mac Murphy qu'il tenait pour la responsable de tout, d'abord parce que la soirée avait commencé à se gâcher avec sa rencontre, ensuite parce qu'elle était irlandaise. Sa passion mauvaise faisant preuve, l'Écossais arriva très vite à la conclusion que cette maudite Kathleen était la meurtrière de la fille des Loughrea. Dès lors, il n'eut plus qu'une idée dans son cerveau congestionné et légèrement embrumé : se venger. Ne voyant rien, ne prenant garde à rien, ne se laissant distraire par rien, il se hâta vers le poste de police.

Ni le Super ni le sergent n'étaient là et ce fut Michaël Newham qui reçut le blessé. Montrant la tête de son visiteur, l'inspecteur s'enquit :

— Vous vous êtes encore bagarré ?

— Non.

— Accident ?

— Pas exactement.

— Alors quoi, N... de D... !

— Une querelle avec mon épouse.

Le policier siffla tout à la fois de surprise et d'admiration.

— J'ignorais que Mrs Dyce avait une telle poigne ? La prochaine fois que je la rencontrerai, je la féliciterai !

— Vous avez fini de vous foutre de moi ?

— Pas sur ce ton, mon vieux ! Je ne suis pas allé vous chercher, hein ?

— C'est pas une raison...

— Qu'est-ce que vous voulez, au fait ?

— Dénoncer la meurtrière de Maureen Loughrea.

— Vous plaisantez ou quoi ?

— Non ! et je sais pourquoi elle l'a tuée !

— Allez-y...

Dyce raconta pour quelles raisons, à son avis, Kathleen Mac Murphy avait assassiné Maureen.

— Une histoire vieille comme le monde, Inspecteur. Deux filles aiment le même garçon et l'une se débarrasse de sa rivale... Banal, non ?

— Il n'y a jamais quoi que ce soit de banal chez les Irlandais !

— Vous pouvez pas les blairer, hein ? Moi, je suis pareil ! D'en voir seulement un, ça me hérisse le poil et les bonnes femmes, chez eux, elles sont pires que les hommes!

Newham ricana.

— Ne dites pas ça devant Mrs Dyce. La prochaine fois, elle serait capable de forcer la dose et de vous expédier directement à la morgue sans passer par l'hôpital. Bon, je vais m'occuper de cette affaire... Si vous avez mis le doigt sur la vérité, Dyce, vous ne le regretterez pas!

L'Écossais était si heureux de cette promesse qu'en rentrant chez lui, il oublia de régler avec son épouse un différend qui ne serait pas résolu de si tôt. Ses filles et son fils mis au courant, lui demandèrent s'il se sentait bien. Il leur répondit de s'occuper de leurs affaires personnelles et de ne pas se mêler des siennes. Ils comprirent alors qu'il n'était pas gravement atteint puisqu'il n'avait rien perdu de sa hargne et à Andrew qui ne s'était pas dérangé, Gregor lança :

— Il y en a qui me remercieront peut-être un jour de les avoir débarrassés de certaines intriguantes risquant de finir leur existence en tôle!

*
* *

Mr Liam Mac Murphy était un gros homme, pesant, lent et d'une force peu commune. Au Marché, il était de ceux qui portaient les charges les plus lourdes. Travailleur consciencieux il avait très mauvais caractère, ne supportait aucune remarque désobligeante, encore moins un reproche. Il n'avait pas le coup de poing prompt ni facile, mais quand il se mettait vraiment en colère, il était très difficile de l'arrêter. Depuis la mort de sa femme, sept ou huit ans plus tôt, il ne fréquentait pas grand-monde et préférait même se saouler chez lui qu'au pub, ce qui témoignait d'un goût évident de l'originalité. Ceux qui le connaissaient (et ceux-là étaient, pour la plupart, restés au vieux pays) affirmaient que Liam souffrait d'une incurable nostalgie de la mer. Il aurait voulu être marin et corsaire de préférence. Malheureusement pour lui, il était né trop tard dans une civilisation qui avait changé de mœurs. Il tentait d'apaiser ses regrets en collectionnant ce qu'il pouvait s'offrir au Marché aux Puces comme lanternes de marine, cordages usés, sabres d'abordage plus ou moins rouillés, en bref une sorte de monstrueux bric-à-brac qui faisait le désespoir de sa fille Kathleen.

Le marin manqué habitait un deux-pièces-cuisine dans Mincing Lane, sous les toits et il ne cacha pas sa surprise, répondant à un heurt brutal contre sa porte, de découvrir l'inspecteur Newham sur son seuil.

— Liam Mac Murphy?

— Ouais.

— Votre fille, c'est Kathleen Mac Murphy?

— Et puis après?

— Les questions, c'est moi qui les pose, tenez-le vous pour dit!

Liam n'était pas d'une patience à toute épreuve.
— J'aime pas la façon dont vous me causez...
— J'en suis fâché.
Et sans demander la permission, Michaël entra chez l'Irlandais.
— Où est votre fille?
— Je ne sais pas.
Newham ricana.
— Elle doit traîner avec quelque garçon, sans doute.
La tension montait.
— Vous cherchez à m'insulter ou quoi?
— Il doit être difficile d'insulter le père d'une meurtrière, non?
— D'une... mais qu'est-ce que vous racontez, à la fin?
— Il paraît que c'est votre Kathleen qui a étranglé Maureen Loughrea pour lui voler son fiancé! Qu'est-ce que vous pensez de ça, mon vieux?
— Attendez...
Liam s'éclipsa durant quelques secondes et revint un sabre d'abordage au poing.
— Maintenant, espèce de voyou, on va s'expliquer!
Newham pâlit. Il tenta d'invoquer la loi.
— Attention, Mac Murphy! Je suis officier de police!
— Je m'en fous! Vous n'avez pas le droit de venir m'injurier chez moi! Faut que je vous découpe pour vous rappeler les bonnes manières?

Coincé dans un angle de la pièce, l'inspecteur n'en menait pas large étant assez enclin à croire que cet Irlandais de malheur semblait disposé à venger son honneur en se taillant un beafsteack dans le corps du policier. L'arrivée de Kathleen délivra Michaël. La jeune fille, surprise par le spectacle qu'elle avait sous les yeux, s'cnquit :

— A quoi jouez-vous donc?

— Votre père est dingue! Il essaie de m'assassiner!

— Kathleen, il a osé t'accuser de meurtre!

— Moi?

Persuadé que le danger était passé, Michaël reprit du poil de la bête.

— Oui, vous, Miss Mac Murphy! Vous avez étranglé votre amie Maureen Loughrea. On vous a dénoncé.

— Qui?

— Ça ne vous regarde pas!

— Et pour quelles raisons aurais-je assassiné ma chère Maureen?

— Parce que vous aimiez le garçon qu'elle aimait!

— Non seulement c'est idiot, mais c'est honteux ce que vous osez dire!

— Pas plus honteux que la façon dont se conduisent les Irlandaises, ces Marie-couche-toi-là!

Sans s'être concertés, d'un même élan, Kathleen et son père tombèrent à bras raccourcis sur Newham, l'une à coups de parapluie, l'autre à coups de plat de sabre, si bien que le policier fou de rage, dut prendre la fuite assez mal en point et jurant de se venger dès le lendemain.

***

Le Très Honorable Spencer Cardigan, juge au Tribunal des flagrants délits, écoutait — amusé, mais n'en laissant rien paraître — le récit imagé que lui faisait Liam Mac Murphy de sa querelle avec l'inspecteur Newham.

— L'inspecteur, en se présentant, vous a-t-il informé de sa qualité?

— Pas tout de suite.

— Vous a-t-il montré sa carte?

— Non. Il est rentré chez moi et vlan! Il s'est mis à insulter ma fille!

Le juge s'adressa à Michaël :

— Vous avez de curieuses façons, Inspecteur.

— On n'a pas le temps de prendre des gants avec ces gens-là, Votre Honneur!

— Permettez-moi de le regretter, Inspecteur. Mr Mac Murphy, admettez-vous avoir menacé Mr Newham avec un sabre?

— Oui.

— Dans quelles intentions?

— Lui apprendre la politesse.

— Vous aussi, Mr Mac Murphy, vous avez des méthodes bien à vous. Miss Mac Murphy, reconnaissez-vous avoir frappé l'inspecteur ?

— Oui. Il m'a accusée d'avoir tué ma meilleure amie, Maureen Loughrea !

— Exact, Inspectcur ?

— Je venais de recevoir la déposition d'un témoin accusant formellement cette damnée Irlandaise du crime sur lequel nous enquêtons, Votre Honneur.

— Dites-moi si je me trompe, Inspecteur : il me semble, à travers vos propos et vos manières, que vous n'aimez guère les Irlandais ?

— Les Irlandais et les Écossais, Votre Honneur, pour moi, c'est à mettre dans le même panier, ils ne valent pas plus cher les uns que les autres !

— Dans ces conditions vous serez sûrement heureux d'apprendre, Inspecteur, que je suis né d'un père écossais et d'une mère irlandaise.

Les Mac Murphy s'en tirèrent avec une amende, Newham avec un blâme public qui n'arrangea pas sa réputation et le fit sévèrement réprimander par le Superintendent.

3

Repoussé par les siens, ne trouvant pas auprès du Père Fitzpatrick l'aide qu'il escomptait, n'arrivant pas à se rappeler s'il était ou non un meurtrier, se figurant abandonné de Dieu dont il ne recevait pas le signe tant attendu et jusqu'ici vainement espéré, Shan Loughrea décida de s'en aller au hasard sur les routes du Royaume-Uni, tel le réprouvé qu'il pensait être. Un soir où il restait seul à la maison, il vola les maigres économies de Molly et sa dernière bouteille de whisky. Avant de sortir, il laissa un bout de papier où il avait écrit : je m'en vais à la recherche du signe qui me prouvera que je suis innocent. J'emporte les sous parce qu'il faut que je mange et le whisky pour me donner du courage. Votre mari et père indigne, Shan Loughrea.

Une fois dehors, Shan prit la direction de l'ouest et par Cannon Street, Fleet Street, le Strand, se dirigea vers le marché aux légumes de Covent Garden. Il gagna quelques sous et pas mal de petits verres en aidant au déchargement et à la mise en place des marchandises. Surtout, il parvint à persuader un camionneur de le prendre à son bord. Ce ne fut que lorsqu'ils eurent abandonné les faubourgs de Londres que l'autre le prévint qu'il se dirigeait vers le Suffolk. Shan serait parti pour n'importe où.

Vers 3 h du matin, le chauffeur arrêta son camion au-delà de Colchester, à East Bergholt.

— Voilà, camarade, je suis arrivé... Bonne route et bonne chance !

— Merci. Vous m'avez rendu un fier service.

Il ne faisait pas mauvais et le ciel lumineux montrait ces traînées d'étoiles que les ressortissants du Royaume

Uni connaissent surtout par l'image. Sans chercher à savoir où ses pas le mèneraient, Shan marcha droit devant lui, traversa une route importante qu'il ignorait, bien sûr, être celle qui joint Colchester à Ipswisch et se dirigea à l'aveuglette en direction de Holden St Mary dont il s'écarta pour filer à travers champs. Il avançait le nez en l'air, toujours à la recherche de ce signe d'amitié que lui adresserait peut-être l'Éternel, s'il devait en croire le Père Fitzpatrick.

Buvant du whisky, priant avec ferveur, Shan erra durant le reste de la nuit et toute la journée du lendemain dans cette région de Holton St Mary. A l'approche du soir, il atteignit Pearl Bury, petit village de deux ou trois centaines d'âmes et comme il avait de l'argent et plus rien à boire, il pénétra dans le pub du lieu, *Aux armes de Richard.* Des paysans buvaient là, silencieux, dégustant leurs alcools en pensant aux sous qu'ils coûtaient. Le patron était un grand maigre qu'une toux incessante secouait lui donnant l'aspect d'un arbrisseau battu par le vent. Shan trouva là de quoi se restaurer quand il eut montré la couleur de son argent. Il avait à peine entamé son assiette de pommes de terre et de bœuf à la sauce tomate qu'un type vint lui demander si ça ne le dérangerait pas qu'il s'installât à sa table en amenant son verre. Loughrea affirma n'y voir aucun inconvénient. Son commensal était un petit homme rondelet et dont les gestes avaient de l'onctuosité. Il regarda manger Shan pendant un moment avant de demander :

— Irlandais, hein?

— Oui.

— J'ai l'habitude... Ancien pasteur (j'ai été obligé d'abandonner pour raison de santé) j'ai confessé des gens de toutes nos belles contrées du Royaume-Uni. Vous avez une manière de prononcer les mots qui ne trompe pas. Un accent si sympathique que l'orsqu'on l'a entendu une fois, on ne saurait l'oublier.

Charmé, Loughrea offrit un verre à son compagnon qui l'accepta volontiers.

— Je m'appelle Jason Hingham

— Et moi, Shan Loughrea.

— Heureux de vous connaître...

— De même... Vous avez dîné, sans doute?

— Mon fils, l'humilité étant recommandée aux gens de mon espèce, je n'ai aucune fausse honte à vous avouer que, me trouvant plutôt désargenté ces temps-ci, je suis dans l'obligation de me confiner dans un jeûne pas très agréable et qui m'affaiblit beaucoup...

— Vous ne mangeriez pas une assiette de pommes de terre et de bœuf ?

— Si vous aviez assez d'amour fraternel pour me l'offrir?

Le patron apporta la portion demandée et la posant devant Hingham :

— Vous y êtes arrivé, hein, vieille fripouille?

Il s'éloigna en rigolant tandis que Jason soupirait :

— Dans ce siècle déchristianisé, on ne respecte plus le serviteur de l'Éternel... Seul au monde, frère?

— Non, j'ai une femme, trois beaux garçons et j'avais une fille qu'était une vraie demoiselle...

— Vous l'avez perdue... frère?

— On me l'a assassinée...

— Nous vivons le temps de l'iniquité, frère. Je pense que si nous buvions un petit whisky supplémentaire, je pourrais trouver les mots qui consolent...

Ils absorbèrent l'alcool. Au fur et à mesure que l'heure avançait, Shan repris par ses angoisses, sombrait dans une sorte d'hébétude. Au contraire, Jason, devinant qu'il n'avait pas encore tiré de cet homme tout ce qu'il pouvait tirer, témoignait d'une faconde allant s'amplifiant.

— Frère Loughrea, puis-je vous demander ce que vous êtes venu chercher par chez nous, à moins que ce ne soit indiscret?

— Pas du tout! Je cherche le signe.

— Quel signe?

— Celui que m'adressera peut-être l'Éternel pour me rassurer.

— Vous rassurer à quel sujet, frère?

— Me démontrer que ce n'est pas moi qui ai tué ma fille et Miss Barrow.

— Ah?... Vous les avez réellement tuées, frère?

— Je ne parviens pas à me le rappeler et je ne peux

plus vivre avec ce doute. Le Père Fitzpatrick m'a assuré que si j'étais innocent, Dieu me ferait un signe.

— Quelle sorte de signe?

— Le Père a pas pu me renseigner sur ce point... Il m'a dit peut-être quelque chose qui passera inaperçu des autres et peut-être un signe éclatant, dans le genre de celui qu'Il a fait à un nommé Valentin qui s'empoignait avec un type dont je me rappelle plus le nom et je sais pas pourquoi... Une croix lumineuse qui s'est montrée dans le ciel...

— Ah! je vois... Vous parlez de l'empereur Constantin qui s'apprêtait à rencontrer son rival Maxence, toux deux à la tête de leurs armées... En effet, une croix de lumière s'est dessinée dans le ciel tandis qu'une voix assurait à Constantin : « In hoc signo vinces » — Par ce signe, tu vaincras... Frère Loughrea, avez-vous de l'argent?

— Une dizaine de livres.

— Alors, vous venez passer la nuit chez moi et demain, je crois que je pourrai vous aider à obtenir du Seigneur ce signe du pardon.

***

Lorsque Molly et ses fils constatèrent l'absence de Shan ils s'inquiétèrent. Patrick supposa qu'il avait mis fin à ses jours, mais Molly le rassura :

— Quand on a l'intention de se suicider, on n'emporte pas les économies du ménage et la dernière bouteille de whisky qui nous restait! Votre dégoûtant de père a filé faire la bombe, Dieu sait où!

— Et s'il a eu un accident?

— Il l'aura mérité!

Pourtant, Molly ajouta :

— Tâchez de me le retrouver, ne serait-ce que pour lui dire, une fois de plus, ce que je pense de lui.

Ils téléphonèrent dans tous les azimuts, alertèrent un grand nombre d'hôpitaux, de postes de police, tant et si bien que le remue-ménage mené par les frères Loughrea vint aux oreilles de Michaël Newham qui se présenta chez eux au moment où Shan, dans le Suffolk, liait connaissance avec Jaon Higham.

— Qu'est-ce que c'est que ce ramdam, les gars?

— Notre père a disparu.

— Sans blague?

On lui montra le papier laissé par Shan avant son départ.

— Vous appelez ça disparaître? Il a foutu le camp, oui! Il s'est sauvé! Et vous devinez pourquoi? Parce qu'il est le meurtrier que nous recherchons, il l'a presque avoué au sergent Stonoway!

Molly protesta :

— Vous êtes fou!

— Vous, soyez polie!

Eamun intervint :

— Écoutez, Inspecteur, nous, on sait que le père n'est pas coupable et tout ce qu'on demande, c'est de savoir où il se cache... On voudrait que vous nous aidiez ?

— C'est la meilleure, celle-là ! Et comment que je vais vous aider les gars ! Un avis général de recherche, c'est pas gentil, dites ? Seulement, on ne vous le ramènera pas... On se le gardera votre Irlandais de père ! On le mettra au chaud en attendant de l'envoyer devant les juges d'Old Bailey pour répondre des meurtres de Maureen Loughrea et Mildred Barrow !

Très vite, Eamun conseilla :

— Filez, Inspecteur... filez rapidement parce qu'il va y avoir du vilain...

Newham, appuyé sur la Loi, qui protège ses serviteurs, voulut crâner, mais les visages des frères Loughrea lui firent préférer la retraite.

***

Shan avait passé la nuit dans la cabane puante où Jason avait établi ses pénates. Avant de quitter le pub, sur les conseils de l'ancien pasteur, les deux hommes s'étaient munis du whisky nécessaire à calmer leurs hypothétiques insomnies. En écoutant ronfler son hôte, Jason se réjouissait et pensait que le diable avait mis ce pauvre type sur sa route pour le soulager de quelques livres qu'il avait dans sa poche. Jason n'était pas un voleur. Il se contentait d'accepter l'argent qu'il vous persuadait de lui donner. Or, à quelques miles de Pearl Bury, en tirant du côté de Hadleigh, il y avait un très petit village auquel son pasteur avait donné une certaine célébrité. Passionné de mécanique, cet excellent homme était la fierté de ses paroissiens qu'il surprenait toujours par ses inventions. Au cours d'un voyage organisé en Yougoslavie, il avait vu de grandes étoiles rouges apparaître dans la montagne sitôt la nuit tombée. Ne voulant pas que le Dieu des chrétiens soit moins favorisé que Karl Marx, il avait construit une croix de près de trois mètres pivotant sur un socle de béton et couverte d'ampoules électriques que le pasteur pouvait allumer ou éteindre de chez lui. Cela faisait parfaitement l'affaire de Jason qui attaqua Shan sitôt qu'il fut réveillé.

— Frère, j'ai été visité par l'Esprit Saint tandis que vous dormiez. Il m'a assuré que vous nourrissiez des craintes inutiles. Vous n'êtes pas coupable des deux crimes affreux dont vous m'avez parlé. Il Se propose de vous en persuader en vous donnant cette nuit le signe que vous réclamez de Sa Bonté ! Seulement, il importe de vous préparer à cette grâce.

— De quelle façon ?

— Vous allez passer la journée entière en prières et dans le jeûne.

— Je ne pourrai pas boire un petit coup ?

— Non, frère, mais qu'est ce sacrifice en échange de la joie qui vous attend ?

— J'obéirai.

— Quand la nuit sera complètement tombée, vous vous dépouillerez de tous les biens qui obscurcissent le regard de l'homme et l'empêchent de distinguer où est son salut. Vous me laisserez votre argent et vous viendrez le rechercher après l'épreuve.

— Parce que vous ne m'accompagnez pas?

— Hélas!... Je n'en suis pas digne, frère, et j'en souffre... Vous suivrez la route de Hadleigh jusqu'à ce que vous aperceviez une colline sur votre droite. Alors, vous abandonnerez cette route, vous grimperez jusqu'au sommet de la colline, vous vous y mettrez à genoux et vous prierez.

Loughrea passa la journée à prier, luttant contre la faim et la soif. Vers 10 h du soir, il remit son argent à Jason qui l'embrassa sur les deux joues avant de l'expédier vers Hadleigh.

Une fois que l'Irlandais eut disparu, l'ex-pasteur jugea bon de filer à son tour, mais dans une autre direction.

*
* *

Shan suivait scrupuleusement les indications données. Il avançait avec une ardeur sans pareille sur la route de Hadleigh, attentif à ne point manquer la colline signalée par Jason. Soudain, il la vit se dessiner — masse plus noire sur le noir d'une nuit sans étoiles — et entreprit de l'escalader. Parvenu au sommet, il ne vit rien du tout. Il se mit cependant à genoux et commença à prier avec ferveur, suppliant sa fille morte d'intervenir auprès du Seigneur pour l'éclairer sur sa culpabilité ou son innocence. Soudain, il demeura la bouche ouverte, les yeux écarquillés. Devant lui, se détachant sur la voûte céleste, une croix lumineuse venait d'apparaître. Loughrea se dressa sur ses jambes tremblantes. Il bénéficiait de la grâce prodigieuse accordée à ce Valentin ou Constantin dont avaient parlé le Père et Jason. Il était innocent! Il n'avait pas tué sa fille! Il n'était pas le meurtrier de Miss Barrow! La croix s'éteignit, mais Shan n'en voulait pas davantage. Maintenant, il n'avait plus qu'une idée : retourner à Londres et prêcher la Parole pour remercier Dieu de l'avoir sauvé de lui-même. Loughrea se dirigea vers Pearl Bury dans l'intention de gagner la grande-route de Colchester et de Londres où il espérait bien qu'un camionneur le prendrait à son bord. Il ne pensait plus à Jason ni à son argent.

En abordant le village endormi, l'Irlandais ne put admettre que tous ces gens puissent reposer paisiblement alors qu'il apportait une pareille nouvelle et aussitôt, il entonna à pleine voix :

Rendez grâce au Seigneur car il est bon :
Éternel est son amour!
La maison d'Israël peut le dire :
Éternel est son amour!

Le Constable Oliver Brampton représentait la Loi à Peral Bury. Ce n'était pas un homme heureux car il souffrait depuis toujours d'une taille assez réduite qui lui enlevait une bonne partie de son autorité. En compensation, sans doute, il avait épousé la fille d'un fermier, Muriel Sidmouth, qui le dépassait de plus d'une tête et qui était la bonté faite femme. N'ayant pas eu d'enfant, elle dorlotait son mari dont elle prenait un soin jaloux.

Dans leurs lits jumeaux, ils dormaient de ce beau sommeil que donne l'absence de soucis, lorsque les hurlements de Shan Loughrea les arrachèrent au sommeil. Muriel demanda :

— Vous entendez, Oliver?

— Il faudrait être complètement sourd pour ne pas entendre!

— Qui pensez-vous que ce soit?

— Je l'ignore, mais je vais le savoir!

Le constable bondit hors de son lit, enfila son pantalon à la hâte, glissa ses pieds dans ses pantoufles, posa son casque sur sa tête et se précipita à la poursuite de celui qui s'éloignait en beuglant de toutes ses forces un chant à la gloire de l'Éternel. Muriel ouvrit sa fenêtre et s'y pencha pour suivre des yeux son époux pour lequel elle tremblait déjà.

La droite du Seigneur a fait merveille,
Sa droite m'a relevé.
Non, je ne mourrai pas, je vivrai
Et publierai l'œuvre de Dieu!

— Vous êtes saoul ou quoi?

Loughrea se retourna et vit quelqu'un que, d'après son casque, il jugea être un représentant de la Loi.

— Vous n'êtes pas fou de hurler à une heure pareille?

— Il faut que tout le monde sache, ami!

— Sache quoi?

— Que je n'ai pas tué ma fille ni Miss Barrow et que Dieu m'a fait un signe comme à Valentin!

— Vous m'avez l'air d'en tenir une bonne, non?

— A genoux, impie! et chantez avec moi la gloire de l'Éternel, notre Dieu!

La pierre des bâtisseurs
Est devenue pierre d'ang...

Brampton interrompit l'Irlandais :

— D'accord, d'accord, mais pas au milieu de la rue, chez moi. Venez...

— Je dois retourner à Londres, le Seigneur me l'a commandé!

— Pas avant d'avoir pris une tasse de thé?

— Sans alcool?

— Je vous le promets.

— Le whisky a été inventé par le diable! Je ne boirai plus de whisky!

— Et vous aurez raison. Vous venez?

— Je viendrai que si vous chantez avec moi!

— Ce n'est pas possible, voyons!

— Alors, passez votre chemin, homme de peu de foi!

— Bon, bon, eh bien! je chanterai...

Bras dessus, bras dessous, ils se dirigèrent vers le poste de police, Shan braillant :

C'est là l'œuvre de Dieu,
Une merveille à nos yeux!

Oliver se contentant de soutenir l'accompagnement. A sa fenêtre, Muriel se demandait si elle rêvait, en entendant, chanté à deux voix — dont celle de son mari — un psaume papiste!

CHAPITRE V

I

Avant de se glisser à nouveau dans ses draps, Oliver tenta d'expliquer quel était le genre de bonhomme qu'il venait d'enfermer dans l'unique cellule du poste.

— Un Irlandais, chérie, et il n'est pas saoul... Il clame qu'il n'a pas tué sa fille et une autre demoiselle dont je n'ai pas retenu le nom. J'aviserai demain... Bonsoir, mon amour.

— Bonsoir, mon chéri.

Dans cette idylle conjugale et chuchotée, les cris de Shan Loughrea firent irruption.

On m'a poussé
Bousculé pour m'abattre!
Mais le Seigneur m'a défendu :
Je lui dois la victoire!

Timidement, Muriel s'enquit :

— Existe-t-il un moyen de le faire taire, Oliver ?

— A moins de le tuer...

Et ces deux piliers de l'Église anglicane s'endormirent bercés par la pieuse et catholique voix de l'Irlandais.

*
* *

Au matin, Oliver qui avait eu sa nuit bouleversée par les dévotes incartades de Shan Loughrea, descendit assez tard dans son bureau où le facteur avait déposé le courrier. Le constable y découvrit l'avis de recherche général concernant un Irlandais Shan Loughrea, soupçonné d'un double meurtre. Brampton se précipita à la cellule où l'époux de Molly ronflait paisiblement. N'osant pas ouvrir la porte, sentant des sueurs froides lui mouiller le corps à l'idée des dangers imprudemment courus la veille, Oliver, cramponné aux barreaux, cria :

— Hé ! l'homme !

Loughrea sursauta et se mit sur son séant en se frottant les yeux

— Quoi ? qu'est-ce que c'est ?

— Comment vous appelez-vous ?

— Moi ? Loughrea... Shan Loughrea.

— Parfait ! Je vais téléphoner à Londres pour qu'on vienne vous chercher.

— C'est bien aimable de votre part, Monsieur, et je vous recommanderai à Dieu dans mes prières.

Aussitôt, voilà Shan qui tombe à genoux et entonne : *Mon cœur est plein de joie et mon âme d'allégresse...*

Le constable le supplia :

— S'il vous plaît, vous ne pourriez pas louer l'Éternel en silence?

***

Au début de l'après-midi, l'inspecteur Newham et le constable Finchley descendirent de voiture devant le poste de police de Pearl Bury. Brampton les accueillit d'un : « Il est là! » où vibrait l'orgueil du devoir accompli. Michaël se précipita et lorsqu'il vit Shan derrière les barreaux, il s'exclama :

— On vous tient cette fois, salopard d'Irlandais! Ouvrez la porte, Brampton!

Le constable obéit. Newham entra dans la cellule, mais au moment où il allait poser sa main sur l'épaule de l'Irlandais, celui-ci, une fois de plus, tomba à genoux :

— Pardonnez-moi, frère, pour tous les soucis que je vous ai causés...

Ahuri, Newham regarda Finchley qui regarda Brampton lequel regarda Newham qui reporta ses yeux sur le prisonnier et gronda :

— Vous avez fini de faire le pitre?

— Frappez-moi, frère! Je l'ai mérité!

— Pour la dernière fois, Loughrea...

L'Irlandais enserra les jambes de l'inspecteur dans ses bras :

— Je ne me relèverai pas tant que vous ne m'aurez pas pardonné!

Michaël s'adressa au constable :

— Ce que j'ai envie de cogner sur cette sale trogne d'Irlandais!

Shan continuait de gémir :

— Je suis un moins que rien, un rebut de l'humanité, jusqu'ici j'ai vécu dans la honte... Je me repends! Je me repends! O frères, pardonnez-moi parce que j'ai péché!

— Je vous pardonnerai lorsque vous vous balancerez au bout d'une corde, espèce d'assassin!

— Mon frère, ne soyez pas dur envers moi, j'entre de mon plein gré, le repentir au cœur, dans la voie des aveux.

— Non?

— Oui!

— Alors, ça change tout... Accompagnez-nous, mon vieux, on va vous dorloter, Finchley et moi...

Loughrea se releva.

— Merci, mes frères, merci! Dieu vous aura en Sa miséricorde car vous aurez eu pitié!

Ils le poussèrent dans la voiture avec infiniment de précautions, craignant une réaction brutale de ce colosse, mais Loughrea se tint extraordinairement sage, toutefois il faillit rendre Newham fou avec ses prières indéfiniment répétées et dont la litanie ne cessa pas jusqu'à l'arrivée à Londres où, incontinent, l'inspecteur le conduisit dans le bureau du Superintendent, à qui il conta en quelques mots l'aventure de Pearl Bury. Orpington soupira, dégoûté :

— Ainsi, c'est vous, Shan Loughrea, qui avez eu l'horrible courage d'étrangler votre fille et Miss Barrow ?

— Moi ? Sûrement pas ! Au contraire, je sais maintenant que je n'ai tué personne.

— Et comment le savez-vous ?

— Parce que Dieu m'a fait un signe !

Newham explosa :

— Vous ne voyez donc pas qu'il se fout de nous !

Orpington scruta longuement le visage de l'Irlandais et murmura :

— Je n'en suis pas tellement sûr...

— Mais enfin il me l'a avoué à Pearl Bury !

Finchley toussa discrètement pour attirer l'attention du Super qui se tourna vers lui

— Quelque chose à ajouter, Finchley ?

— Avec la permission de l'inspecteur Newham, je préciserai que Loughrea a, en effet, déclaré qu'il entrait de son plein gré dans la voie des aveux, mais il n'a rien ajouté d'autre.

Michaël rétorqua brutalement :

— Et qu'est-ce que vous désiriez qu'il avoue de plus ? Qu'il a volé la coupole de Westminster ?

Orpington mit un terme à ce court débat

— Je vous en prie, Newham ! Ce genre de plaisanterie — si toutefois on peut appeler cela une plaisanterie — est vraiment déplacé en un pareil moment. Shan Loughrea, qu'avez-vous voulu faire entendre à l'inspecteur quand vous lui avez déclaré que vous désiriez entrer dans la voie des aveux?

— Que jusqu'ici, je m'étais conduit à la façon d'un pourceau! Sans me soucier de mes devoirs de citoyens, d'époux et de père! Mais tout indigne que je suis, l'Éternel m'a adressé un signe pour m'indiquer que je pouvais reprendre place dans son troupeau... Il ne l'aurait pas fait, n'est-ce pas, si j'étais un criminel?

Découragés, ils haussèrent les épaules, hochèrent la tête, écartèrent les bras, toutes ces manifestations ayant une seule signification : leur impuissance à y voir clair dans une affaire que le temps semblait obscurcir, plutôt qu'éclairer.

— Bien. En un mot comme en cent, vous êtes innocent du meurtre de votre fille et de celui de Miss Barrow?

— Je le jure sur la croix de Notre Seigneur!

— Dans ce cas, fichez-moi le camp!

Alors que Shan s'apprêtait à sortir, Newham l'arrêta par le bras.

— Vous croyez nous posséder, Loughrea, mais moi aussi je jure Dieu que je vous aurai!

Quand l'inspecteur revint vers le Super celui-ci ajouta à la déclaration de son subordonné :

— A condition qu'il soit coupable, bien entendu.

Newham hésita avant d'approuver :

— Bien entendu, Monsieur.

***

Le Père Fitzpatrick était occupé à préparer son sermon du dimanche suivant. Mrs Plumy qui lui servait de gouvernante depuis que le Seigneur l'avait rendue veuve une dizaine d'années plus tôt, entra sans frapper selon son habitude.

— Y a cet ivrogne de Shan Loughrea qui tient à vous voir.

— Qu'est-ce qu'il veut?

— Comment que je le saurais?

— Par exemple, en le lui demandant?

— Faudrait pas oublier que je suis une honnête femme, hein? Je cause pas à ce genre d'individu.

— Et la charité chrétienne, Mrs Plumy, qu'en faites-vous?

— Ça c'est mes affaires et si on doit m'espionner, dans cette maison, j'aime autant m'en aller tout de suite.

La gouvernante menaçait le prêtre de partir sitôt qu'il la contrariait. Cela durait depuis dix ans. L'abbé ne s'en inquiétait plus guère.

— Avant de boucler vos valises, Rosemary, amenez-moi notre Irlandais.

Shan entra à la manière d'un boulet de canon, en criant :

— Ça y est! je l'ai eu!

— Calmez-vous, mon fils. Qu'avez-vous eu?

— Le signe!

Et sans plus de préliminaires, Loughrea raconta sa merveilleuse aventure pour conclure sur sa joie d'avoir été distingué par l'Éternel et assuré de ne porter aucune responsabilité dans la mort de sa fille et de Miss Barrow. Au début, le Père avait cru que son visiteur se moquait de lui, mais il avait assez l'expérience des hommes pour deviner la sincérité de celui-là. Dès lors, la question se posait pour lui de décider s'il devait faire comprendre à l'Irlandais qu'il avait été, sans doute, victime de sa propre imagination, ou si, au contraire, fût-ce au prix de perpétrer un mensonge, il n'était pas préférable de le laisser vagabonder sur le chemin du repentir et, peut-être, servir de modèle à ses camarades tous plus ou moins portés sur la bouteille. L'abbé se dit qu'une imposture susceptible de ramener le pécheur sur la route du salut ne méritait déjà plus le nom d'imposture et il laissa partir Shan en le bénissant, mais non sans lui conseiller de ralentir son zèle évangélique. Dans cet espoir de le calmer, il lui ordonna — en punition de ses péchés passés — d'aller à pied à la cathédrale de Westminster et d'y réciter tout un chapelet. Le Père voulait se donner le temps de réfléchir.

Ses réflexions menèrent l'abbé chez les Loughrea où toute la famille — à l'exception de Shan — était réunie. En voyant la soutane du Père, les uns et les autres crurent qu'ils n'avaient plus ni mari ni père, mais le prêtre les apaisa et entreprit de leur conter l'étrange aventure de Shan. Leur premier mouvement fut d'incrédulité, mais le sérieux de leur visiteur les convainquit qu'il se passait quelque chose d'assez extraordinaire, que ce farfelu de Shan avait encore trouvé le moyen de se mettre en vedette et de défrayer la chronique de Billingsgate Market. Cette opinion se répandit très vite dans le quartier et Gregor Dyce ne put cacher (il n'y songea même pas) la joie mauvaise qui brillait dans ses yeux, lorsqu'entrant chez lui, il annonça :

— Vous connaissez la nouvelle ? Ce vieux brigand de Shan Loughrea est devenu fou ! On le recherche pour l'enfermer. Ça fera toujours un Irlandais de moins dans le coin !

Seule, Mona poussa une plainte qui ressemblait à un sanglot avant de dire :

— Pauvre Molly Loughrea ! Elle avait bien besoin de ce nouveau malheur...

— Elle n'avait qu'à pas épouser un Irlandais !

— Parce que vous croyez vraiment, Gregor Dyce, qu'on est plus heureuse quand on a eu l'insigne honneur de se marier avec un des nobles fils des Highlands qui ne savent rien faire d'autre que de se saouler et de se battre ?

Pendant que leurs parents entamaient une de ces querelles qui ne cessaient plus depuis que Mona avait accédé à l'indépendance conjugale, les trois demoiselles Dyce quittaient les lieux et se rendaient directement chez les Loughrea où elles assurèrent Molly et ses fils de la part qu'elles prenaient à leurs ennuis. Mrs Loughrea fut profondément touchée de cette démarche. Plus tard, elle avoua qu'elle n'aurait jamais cru des Écossaises capables d'un geste aussi altruiste. Quant aux garçons, ils accueillirent leurs bien-aimées avec enthousiasme et se firent longuement consoler tout en buvant le thé que Mrs Loughrea offrait à ses futures belles-filles. Comme pour donner une note angélique à cette idylle multiple, la porte s'ouvrit devant un Shan épuisé, mais radieux. Le sourire aux lèvres, il lança :

— La paix du Seigneur soit avec vous tous!

Sans y prendre garde, ils répondirent d'une seule voix : Amen! L'ambiance était créée. Loughrea se précipita aux genoux de sa femme et lui demanda de le bénir pour lui montrer qu'elle lui pardonnait le calvaire qu'il lui faisait endurer depuis si longtemps; puis il supplia ses fils de ne pas lui en vouloir pour le mauvais exemple offert, il salua les Écossaises en les appelant de douces agnelles (ce qui les déconcerta quelque peu) et déclara enfin qu'ayant la certitude d'être innocent, il proposait à tous de s'abîmer dans la prière, le jeûne et l'abstinence pour que l'Éternel — qui S'était montré si miséricordieux à son endroit — leur désignât le meurtrier. Molly lui conseilla vivement de remettre ses pieux projets au lendemain et d'aller se coucher. Scandalisé, Loughrea protesta :

— Molly! Je vous apporte l'Espoir et la Vie, et vous m'envoyez au lit?

— Vous avez été assez sublime pour aujourd'hui, Shan... Écoutez-moi, il faut vous reposer, sinon vous finirez par vous croire Thomas Beckett!

— Il est vrai que je commence à comprendre ce saint homme...

Sur ce, il gagna sa chambre sans discuter davantage.

Parce qu'elles avaient assisté, sans le chercher, à cette scène inattendue, les Écossaises se sentaient de la famille Loughrea plus que si elles avaient été officiellement invitées à s'y intégrer. D'ailleurs, Molly en était elle-même convaincue puisqu'elle discutait avec les petites de la façon dont il convenait d'agir pour ramener leur père à une plus juste compréhension de ses devoirs, ce qui lui ouvrirait les yeux sur les amours honnêtes de ses filles. Fiona, Elspeth et Alison ne cachaient pas que ce serait là une épreuve difficile et qu'elles ne voyaient vraiment pas comment en triompher. Les garçons jurèrent que leur opiniâtreté viendrait à bout de celle de l'Écossais et Molly assura que de son côté, elle entreprendrait Mona pour l'obliger à épouser la cause des enfants.

On élaborait tactiques et stratégies lorsque la porte de la chambre conjugale des Loughrea s'ouvrit devant un Shan à qui le fait de se présenter en chemise et pieds nus devant ses jeunes hôtes n'amoindrissait en rien la douceur du sourire extatique fleurissant sur ses lèvres et illuminant son visage. Son apparition causa un certain émoi, mais avant que Molly n'ait pu exprimer son indignation, Loughrea levant un doigt bénisseur, disait :

— Écoutez-tous et reconnaissez la marque de l'Éternel... Je viens d'avoir une vision...

Entre ses dents, Mrs Loughrea protesta que ce n'était pas fait pour l'étonner, mais l'Irlandais ne tint aucun compte de cette interruption larvée.

— J'étais au vieux pays... sur le bord de la mer... mes petits-enfants jouaient autour de moi et mes belles-filles — qui vous ressemblaient, Mesdemoiselles — dansaient sur la plage en chantant; mes trois garçons descendaient d'une barque et leur mère — ma femme bien-aimée — du seuil de notre maison nous appelait pour le repas du soir...

Une fois de plus, Molly protesta :

— Une vision qui me semble drôlement proche de la réalité, puisque vous vous reposiez tandis que je travaillais!

— Taisez-vous, femme, et n'avilissez pas le message du Seigneur Notre Dieu! Je sais, par cette vision dont Il m'a comblé, que l'Éternel veut me voir au plus tôt fonder cette famille dont il m'a permis de contempler l'image heureuse. C'est pourquoi, je vais illico demander à Mr Dyce la main de ses trois filles pour mes trois garçons.

Ayant dit, il se coiffa de son vieux melon et se dirigea d'une allure fort digne vers la porte jusqu'au moment où son épouse s'enquit :

— Pensez-vous que si vous enfiliez un pantalon, cela ferait moins solennel ?

*
* *

Patrick, Seamus et Eamun toujours prêts — en bons Irlandais — à croire aux contes de fée, avaient emboîté le pas à leur père et leurs amoureuses les avaient suivis, chacune s'accrochant à la main de son chacun. Tel le tambour-major précédant la musique des Irish Guards de Sa Majesté, Loughrea marchait en tête de la petite troupe et crut bon, pour donner plus de solennité à sa démarche, d'entonner à pleine gorge un cantique :

Le Seigneur est mon berger
Je ne manque de rien;
Sur de verts pâturages
Il me fait reposer

Les garçons mêlèrent leurs voix à celle de leur père :

Il me mène près d'une eau tranquille
Et me rend des forces;
Il me conduit par les bons chemins
Pour l'honneur de Son nom.

Les Écossaises que l'amour poussait à se mêler fréquemment aux cérémonies du culte ennemi, connaissaient ce chant et n'hésitèrent pas à sauter à pieds joints dans l'apostasie.

Si je passe au ravin de la mort
Je ne crains aucun mal;
Car tu es avec moi :
Ton bâton, Ta houlette me rassurent!

Transportés d'enthousiasme par cette profession de foi clamée dans le vent du soir, les catholiques — et notamment les Irlandais traînant par là en quête d'un copain qui leur paierait un verre — se joignirent à la procession à l'allure si martiale et renfoncèrent le chœur des Loughrea et des Dyce.

Tu prépares la table pour moi,
Face à mes ennemis;
Tu répands le parfum sur ma tête;
Ma coupe m'emplit de joie!

Appuyé au comptoir du *Casque et la Rose,* Gregor buvait avec ses copains, lorsque tous demeurèrent le verre en l'air, l'oreille tendue. L'un d'eux murmura :

— Qu'est-ce que c'est que ça?

— Écoutez!

Le chant se rapprochait nettement et, bientôt, on put discerner, en bruit de fond, le piétinement d'une troupe en marche. On se regarda d'abord avec incompréhension, bientôt avec inquiétude. Très vite, il ne fit plus de doute que les chanteurs se dirigeaient vers le quartier général des Écossais. Les paroles du psaume devenaient distinctes :

Grâce et bonheur me suivront
Tous les jours de ma vie;
Je peux revenir à la maison du Seigneur
Tant que durent mes jours.

Un peu angoissés, les clients du *Casque et la Rose* posèrent leurs verres et commencèrent à retrousser leurs manches. Ils étaient prêts à soutenir un assaut lorsque la porte du pub s'ouvrit devant Shan Loughrea derrière lequel on devinait une troupe impatiente d'agir. L'Irlandais étendit les bras en croix et dit :

— La paix soit avec vous, mes frères!

A cet instant, Dyce aperçut ses filles au premier rang des envahisseurs. Il hurla :

— Fiona, Eslpeth, Alison! Qu'est-ce que vous foutez là?

Onctueux et bénin, Shan répondit pour elles :

— Elles ont suivi ceux qu'elles aiment, frère.

— Ceux qu'elles...

Imposant à l'assistance un silence relatif, Loughrea déclara, solennel :

— En présence de cette noble assemblée et ainsi qu'il était pratiqué aux temps bibliques, j'ai l'honneur, Mr Dyce, de vous demander les mains de vos trois filles pour mes trois garçons.

Personne n'osa plus respirer, chacun guettant la réaction de l'Écossais qui s'en prit d'abord à ses rejetonnes :

— Vous autres, vous allez savoir de quel bois je me chauffe! Ah! vous êtes bien les filles de votre mère et vous ne valez pas plus que votre frère!

Avec un courage que tous admirèrent, Alison répliqua :

— Nous aimons ces garçons et nous serons leurs femmes que ça vous plaise ou non!

Et se tournant vers ceux qui l'escortaient, elle cria :

— A bas la tyrannie!

Une approbation unanime lui répondit, mais d'un maître coup de pied dans le derrière, destiné à mettre un frein immédiat aux velléités politiques de sa fille, Dyce ne réussit qu'à la précipiter dans les bras d'Eamun, tandis que scandalisé par cette brutalité inadmissible aux yeux d'un gentleman, Patrick écrabouillait le nez de son futur beau-père afin de le rappeler aux convenances. Gregor partit à reculons sous le choc. Par suite de la présence des demoiselles, ses amis le retinrent et Shan en profita pour tenter une ultime démarche :

— Dyce, au nom du Christ, je vous supplie de reprendre votre sang-froid et de réfléchir au bien-fondé de ma demande. Vous ne tenez pas à ce que ceux-là nous fassent des petits bâtards?

En réponse, l'Écossais qui s'était relevé, alla à l'Irlandais et le gifla. D'un geste, Shan réfréna un élan meurtrier de ses amis et tendit son visage vers Dyce.

— Il est écrit : « Si l'on te frappe sur une joue, tends l'autre... »

Gregor ne se fit pas prier et colla une seconde et magnifique gifle sur la figure de celui qui l'invitait à le frapper. Un long frémissement secoua les rangs irlandais et l'Écossais éprouvait un peu de gêne devant l'absence de réaction de son antagoniste. Loughrea s'adressa à tous :

— Vous avez vu cet homme me frapper sans aucune provocation de ma part. Vous avez entendu cet homme injuste se dresser contre les justes lois de la nature. Vous l'avez vu frapper la chair de sa chair. Je dis que ce malheureux, pour agir de la sorte, doit être possédé du démon. Il est de notre devoir, frères, de le délivrer. Par saint Patrick, en avant!

D'un coup, les clients du *Casque et la Rose* se sentirent unis dans un même combat et au cri de « St George! St George! » firent front à leurs assaillants.

Pour une belle bataille, ce fut une belle bataille. Shan, avant de frapper son adversaire de l'instant, ne manquait pas de l'adjurer : « Pardonnez-moi, frère! » Quant aux demoiselles Dyce, imitant sans le savoir, le dauphin de France à Poitiers qui prévenait son père Jean le Bon des traîtrises des soldats du Prince Noir l'attaquant sous tous les angles, elles se tenaient auprès de leurs amoureux et par des coups insidieux, les aidaient à vaincre. Oui, un beau combat en vérité dont seul, Reginald Banbury n'était pas enthousiasmé, car il sentait que les événements, pour si glorieux qu'ils fussent, le conduisaient irrémédiablement à la ruine. Afin de pallier cette sinistre éventualité, il sortit par la porte de la cuisine et alerta le premier policeman rencontré.

2

Michaël Newham sommeillait dans son fauteuil lorsque le sergent Stonoway fit irruption dans le bureau.

— Inspecteur! inspecteur!

Newham sursauta :

— Hein? quoi? Qu'est-ce que c'est?

— Armbruster m'apprend qu'ils sont en train de s'étriper au *Casque et la Rose!* C'est Banbury qui l'a prévenu.

L'inspecteur attrapa son chapeau.

— Ces salauds nous laisseront donc jamais tranquilles! Rassemblez ce que vous pouvez d'hommes et fonçons là-bas avant qu'il n'y ait des morts!

Bientôt, une voiture de police bourrée de policemen et précédée de l'auto où avaient pris place Newham et Stonoway fonçaient vers le pub transformé en champ de bataille.

Plus tard, lorsqu'il en fit le récit à Orpington, Michaël devait dire qu'il n'oublierait jamais le spectacle qu'il eut sous les yeux lorsqu'à la tête de sa troupe, il se présenta au *Casque et la Rose* : toute la clientèle du bar, vainqueurs et vaincus confondus, saignants, truffés de coups, yeux pochés, ecchymoses sanguinolentes au visage, groupée autour de Shan Loughrea qui n'avait plus guère figure humaine, chantait un cantique que les deux religions pouvaient accepter. Toutefois, ce qui stupéfia plus encore l'inspecteur, ce fut de voir Gregor Dyce, sur le point de s'évanouir, soutenu par deux Irlandais, bénir d'une main languissante trois couples agenouillés devant lui, dépenaillés, meurtris, aux paupières tellement enflées qu'elles pouvaient à peine laisser filtrer un semblant de regard, et dans lesquels il reconnut les trois fils Loughrea avec les trois filles Dyce.

***

Kathleen se rendait parfaitement compte qu'Andrew n'était pas comme d'habitude. Elle aurait souhaité qu'il lui confiât ce qui le préoccupait, hélas! le garçon était plutôt du genre renfermé; il appartenait à cette catégorie de gens qui croient pouvoir se passer du secours des autres et remâchent leurs amertumes à longueur de journée. Elle essaya du remède habituel :

— Je me rappelle qu'un soir, Maureen...

Sans crier, mais au contraire avec douceur, presque avec tristesse, il dit :

— Non...

Elle le regarda sans comprendre et il eut un pauvre sourire qui la bouleversa.

— Non, Kathleen, ce n'est plus la peine...

Elle devina que c'en était fini de leurs rendez-vous devenus quotidiens dans le jardin de la Tour et il se fit un grand vide en elle. Il n'osait pas lui apprendre sa décision de ne plus la rencontrer. Les yeux baissés, elle murmura :

— Qu'est-ce qui n'est plus la peine?

— De parler de Maureen.

— Mais... je... je ne comprends pas...?

— Si, vous comprenez... J'ai cru et de toutes mes forces, que je pourrais vivre en compagnie d'une morte... J'étais sincère, Kathleen, quand je vous demandais de m'aider à la garder vivante et puis...

Elle eut toutes les peines du monde à chuchoter :

— Et puis?

— Et puis, peu à peu, vous avez pris sa place dans mon cœur.

La petite ne voulait pas pleurer et elle sentait qu'elle n'arriverait pas à s'en empêcher. Elle flûta :

— Andrew...

— D'abord, vous étiez comme deux sœurs, pour moi. Je ne parvenais pas à penser à l'une sans que le visage de l'autre m'apparaisse. Ensuite, tout doucement les traits de Maureen se sont estompés, effacés. Maintenant, quand je rêve de vous, Kathleen, vous êtes seule.

— Vous... vous êtes sûr?

— Sûr... En vous avouant que je vous aime, je n'ai pas le sentiment de renier complètement

Maureen... Si elle nous voit, j'imagine qu'elle doit être heureuse que ce soit vous qui occupiez la place que la mort lui a volée... Je vous aime, Kathleen... et vous?

— Oh! moi...

Elle ne réussit pas à exprimer ses pensées de façon moins succincte et préféra se jeter sur la poitrine d'Andrew qui la serra très fort contre lui avant de décider :

— Je ne vais pas refaire l'erreur commise avec Maureen... Venez, chérie, nous allons voir mes parents et si mon père pique à nouveau une crise, je boucle ma valise et je pars.

Ce programme, d'un côté, l'enchantait puisqu'il marquait la volonté irréversible d'Andrew de l'épouser, et d'un autre, il l'inquiétait car elle n'ignorait rien du caractère de Gregor Dyce. Elle tenta de masquer son désarroi en jouant les naïves.

— Et pourquoi tenez-vous à ce que j'aille saluer vos parents, Andrew?

— Il me semble que cela se fait, non? Un garçon doit toujours présenter sa fiancée à sa famille, il me semble?

— Sa fiancée, sa fiancée, c'est bien vite dit! Sur le moment, il se laissa prendre au jeu.

— Quoi! Vous n'acceptez pas de devenir ma femme?

— Parce que vous voulez m'épouser?

— Kathleen!

— On m'a toujours assuré, Andrew Dyce, que lorsqu'un jeune homme souhaitait épouser une jeune fille, il commençait par lui demander sa main et ça, vous l'avez oublié!

Pour cacher sa confusion, il ne trouva rien de mieux que de l'embrasser et comme elle ne se défendit pas, il en conclut que sa demande était, tout ensemble, exprimée et exaucée.

*
* *

En entendant la troupe monter en silence l'escalier. Molly sut qu'il y avait eu du vilain, et soupirant, elle s'en fut chercher le sparadrap, la gaze, la teinture d'iode, l'alcool à 90° et le mercurochrome. Ils étaient dans un triste état. Mrs Loughrea ne proféra pas une parole. Elle se contenta de montrer les chaises à ses hommes et ceux-ci, habitués, en rangèrent quatre les unes à côté des autres et y prirent place par ordre de primogeniture. Il y eut des grognements de douleur, des jurons vite étouffés, des plaintes. Molly ne voulait pas entendre. Badigeonnant ici, tamponnant là, posant des compresses, appliquant des bandes de sparadrap. Quand elle eut terminé, elle se recula pour mieux contempler ses fils et son mari. Puis, secouant la tête :

— Et dire que vous vous prenez pour des adultes!

Shan se redressa :

— Femme, écoutez-moi!

— Ah! non! vous n'allez par remettre ça!

— Femme, taisez-vous et préparez-vous à entendre de grandes merveilles !

Elle se tourna vers Eamun pour le questionner à voix basse.

— Il est saoul ?

Le dernier-né lui fit signe que non et, dès lors, elle fut intriguée.

— Nous avons souffert, vos fils et moi, mais notre cause était juste et l'Éternel nous a accordé la victoire. Gregor Dyce l'hérétique, a dû confesser ses erreurs et, devant tous, pris pour témoins, il a accordé à nos trois garçons les mains de ses trois filles !

— Ça alors ! Comment avez-vous réussi à convaincre cette tête de mule ?

Un peu gênés, ils échangèrent des coups d'œil furtifs et instinctivement fixèrent leurs poings aux jointures écorchées. Molly ne put s'empêcher de rire.

— Les mêmes arguments qu'au Conemmara, hein ?

Ils auraient bien voulu rire, eux aussi, mais leurs pansements les en empêchaient.

* * *

Si Mrs Loughrea n'avait point marqué d'étonnement en voyant entrer Shan et les garçons, il n'en fut pas de même pour Andrew et Kathleen lorsqu'ayant poussé la porte du logis des Dyce, ils se trouvèrent en face de Gregor et des filles que Mona achevait de soigner. La figure du père ressemblait à un morceau de roastbeef qu'on aurait passé à l'attendrisseur. La boursouflure des traits ne permettait guère de distinguer si l'on avait ou non affaire à Mr Dyce. Seul le nez émergeait des chairs tuméfiées, mais dans un tel état qu'il ressemblait à n'importe quoi sauf à un nez. Fiona avait l'œil droit fermé, Elspeth montrait des lèvres dont l'épaisseur n'eût peut-être pas été remarquée au cœur de l'Afrique, mais à Londres... Quant à Alison, sa pommette gauche éclatée s'ornait d'une jolie croix blanche de sparadrap. Andrew se contenta de remarquer :

— C'est pas Dieu possible...

Mrs Dyce gémit :

— Hélas...

— Mais enfin, que s'est-il passé?

— Shan Loughrea a demandé la main de vos sœurs pour ses fils!

— Ah! je comprends... Kathleen, je pense que nous ferions mieux de remettre à plus tard nos...

Gregor croassa :

— Vous n'avez rien compris, Andrew... Avec cet excellent Loughrea, nous sommes tombés d'accord et j'ai même béni les trois couples. Qu'est-ce que vous dites de ça?

— C'est encore une de vos sacrées plaisanteries! Sans daigner répondre, Dyce adressa un geste aux filles et Alison déclara :

— C'est vrai, Andrew... On se mariera sitôt que... enfin, dès qu'on sera réparées.

— Eh bien! Je suis bougrement content!

Et incontinent, il alla poser un baiser fraternel sur les trois pansements. Il aurait voulu serrer la main de son père, mais elle était si enflée qu'il n'osa pas lui infliger cette épreuve. Il s'en alla chercher Kathleen et l'amena devant ses parents.

— C'est Kathleen Mac Murphy... Ça ne fera qu'une Irlandaise de plus dans la famille.

Dyce qui avait, sans doute, pris goût à cette cérémonie, fit mettre les deux jeunes gens à genoux et les bénit tandis que Mona pleurait à chaudes larmes. Dès que Kathleen se fut relevée, ses trois futures belles-sœurs lui sautèrent dessus pour l'embrasser et elle crut se trouver dans un laboratoire pharmaceutique.

3

Orpington s'était rendu au Yard pour y rencontrer un de ses camarades de promotion, Brian Shelley, assistant-commissionner. Si celui-ci avait peut-être mieux réussi que celui-là, cela tenait, sans doute, à ce que Orpington consacrait un peu trop de son temps à l'étude de contemporains et précurseurs de Shakespeare plutôt qu'à sa carrière. Shelley fit asseoir son ami, face à la fenêtre donnant sur la Tamise.

— Alors, Dave, qu'est-ce qui me vaut le plaisir de votre visite?

— Un appel au secours, Brian.

— Ah?... votre histoire de fille étranglée?

— Oui, nous n'en sortons pas!

— Cela m'étonne de vous, Dave. Vous connaissez le coin, pourtant?

— Non seulement je le connais bien, mais je l'aime. Le pittoresque de ses habitants me plaît... Ils crient, ils cognent, mais en gros, ce sont de braves gens.

— Sauf quand ils étranglent leurs semblables.

— Je sais... Vous connaissez l'histoire?

— Pas dans les détails.

— Au départ, une hostilité latente entre une famille écossaise, les Dyce, et une famille irlandaise, les Loughrea. A la tête de chacune d'elle, un « pater familias » qui aurait mieux été à sa place sous Jules César que sous Elisabeth II. Il règne dans sa demeure et chacun plie devant sa loi. Les deux hommes se ressemblent en ce sens que l'Écossais hait les Irlandais autant que l'Irlandais déteste les Écossais. Le premier a trois filles et un garçon, le second a trois garçons et une fille. Imaginez, Dave, qu'à la fureur quasi démentielle des pères, ces jeunes gens s'aiment...

— Dites-donc, mon vieux, c'est « Roméo et Juliette » que vous me racontez-là?

— Parce que les chefs d'œuvre sont de tous les temps, Brian. Les plus avancés sur le chemin du conjungo sont Andrew Dyce et Maureen Loughrea. L'aveu de leur tendresse aux auteurs de leurs jours déclenche la guerre. Elle éclate le soir où les poissonniers donnent leur bal. Pour punir sa fille Shan Loughrea lui a interdit de sortir...

— Elle n'ira pas au bal danser...

— Mais elle sort discrètement en passant par la fenêtre...

— Discrètement, en effet.

— ... pour rejoindre son amoureux. Un témoin a vu ce dernier ramener sa bien-aimée, puis un autre entraîner la jeune fille — après le départ d'Andrew Dyce — dans le couloir de la maison. On devait l'y retrouver, morte, étranglée.

— Ce témoin ?

— Une vieille fille... Étranglée, elle aussi.

Shelley siffla doucement entre ses dents.

— Ce meurtre indique que le témoignage de Miss Barrow — la seconde victime — était valable et donc met hors de cause Andrew Dyce. D'accord ?

— D'accord. Qui, alors ?

— Nous avons envisagé toutes les hypothèses, Brian, en vain. Gregor Dyce, furieux à l'idée de devenir le beau-père d'une Irlandaise et le grand-père de petits irlando-écossais, tue celle qui serait la source de ce déshonneur... Notez qu'un raisonnement identique, mais en sens inverse, vaut pour Shan Loughrea, quoique tuer sa propre fille... Les frères, se voulant justiciers, à la façon des Horace ? Non, puisqu'ils tombent dans le piège où était tombée leur sœur... Andrew Dyce se console avec une autre Irlandaise...

— Il semble avoir des convictions solides quant à ses amours.

— On a dénoncé cette fille, Kathleen Mac Murphy, comme une coupable possible par jalousie... Accusation toute gratuite... Kathleen est physiquement beaucoup moins forte que ne l'était Maureen Loughrea et celle-ci a été étranglée avec les mains, sans l'aide d'un quelconque instrument: corde, écharpe, ceinture... Il fallait donc que le meurtrier fût beaucoup plus solide que sa victime. Nous sommes revenus au point de départ, Brian. Il faut que le Yard prenne l'affaire en main.

— D'accord... Il n'empêche que je suis étonné. J'aurais cru que votre adjoint, Michaël Newham, se serait mieux débrouillé, d'autant plus qu'il s'agissait d'Irlandais.

— Il est vrai qu'il ne les porte pas dans son cœur.

— Il est excusable, non?

— Excusable?

— Dame! après ce qu'ils lui ont fait! Vous n'êtes pas au courant?

— Ma foi, non!

— Cette blessure qui le défigure...

— Eh bien?

— Il la doit à une Irlandaise... Deirdre, sa première femme. Il l'a surprise, un matin, avec un homme dont elle préparait le breakfast. Elle faisait frire, je ne sais quoi... Elle a tout flanqué à la figure de Newham qui faillit perdre un œil dans l'aventure et a été marqué pour le reste de ses jours... Je l'ai connu avant cette pénible histoire... C'était un assez joli garçon qui ne rencontrait guère de cruelle... Il a divorcé et a dû, par la suite, se contenter de sa triste Janet, sûrement une excellente épouse, mais enfin... Bon, comptez sur moi, Dave, je vais vous envoyer mes limiers à la rescousse et ils l'attraperont, votre étrangleur, ayez confiance!

***

Pauvre Newham... Cette histoire qu'il racontait pour expliquer sa blessure et ses terribles cicatrices, afin de sauvegarder son amour-propre... Orpington qui, jusqu'alors, n'avait pas éprouvé une sympathie particulière à l'égard de l'inspecteur, était fâché de s'être montré aussi indifférent, voire revêche... Maintenant, il comprenait ce qu'avait dû être le calvaire de ce garçon. Pour ne pas trop s'en vouloir à lui-même, il sentit le besoin de témoigner sa sympathie à son adjoint. Il se fit conduire chez Newham. L'annonce de l'intervention du Yard justifiait sa visite.

Ce fut la triste Janet — comme la désignait Shelley — qui ouvrit au Superintendent. Elle témoignait toujours cette morosité peu engageante. On ne pouvait dire qu'elle était laide. Elle semblait délavée. Rien en elle ne retenait le regard. On ne la voyait pas et Orpington plaignit un peu plus l'inspecteur...

— Michaël n'est pas là, Sir...

— Puis-je entrer, cependant?

— Je vous en prie.

Dans le petit salon meublé de façon fort médiocre, Orpington écoutait Janet conter les malheurs du couple.

— Michaël enrage de ne pouvoir mettre la main sur le meurtrier de Maureen Loughrea et de Miss Barrow... Il passe son temps à répéter qu'il est un bon à pas grand-chose et que tout le monde le déteste, ce qui ne facilite pas sa tâche.

Gêné, un peu honteux aussi, Dave essaya de protester :

— Ne croyez-vous pas qu'il exagère?

— Au début, je l'ai cru, plus maintenant.

— Parce que?

— Oh! pour des tas de raisons...

— Que les gens qu'il est obligé de surveiller ne le portent pas dans leur cœur, je l'admets, mais les autres? Ceux qui n'ont pas à craindre de lui?

— C'est la même chose.

— Pardonnez-moi, Mrs Newham, mais je pense que... que vous aussi, vous exagérez.

Pour une fois, Janet s'anima et l'indignation lui rosissant le visage, mettant dans sa voix une chaleur inhabituelle la rendait non pas jolie, mais moins insipide.

— J'exagère? Si je vous disais que je ne puis l'envoyer faire des commissions de crainte qu'il ne se querelle avec les commerçants qui mettent la plus évidente mauvaise volonté à le servir... que ses collègues et les hommes sous ses ordres se réjouissent de ses ennuis et plus encore de ses échecs...

Était-il possible que ce malheureux fût atteint de la maladie de la persécution et qu'il en ait passé le virus à sa femme.

— Vous ne me croyez pas, Sir?

Orpington protesta mollement :

— C'est-à-dire que, pour ma part...

— Non, non, je vois que vous ne me croyez pas!

Le Super était en train de penser qu'il aurait été mieux inspiré de rentrer directement au bureau, ce qui lui aurait évité cette scène pénible.

— Et pourtant, Sir, tenez, vous vous rappelez la grande bagarre du Bal des Poissonniers juste la nuit où cette pauvre petite est morte?

— Il serait vraiment curieux que je l'eusse oubliée, Mrs Newham.

— Eh bien! on a commencé par emmener tout le monde à l'hôpital pour les pansements.

— Oui, et alors?

— Alors, on a recousu l'arcade sourcilière de mon mari qui saignait — paraît-il — comme un bœuf... Mais, parce que c'était lui, ils ont fait ça en pensant à autre chose... La preuve : quand il est rentré le pansement avait déjà lâché! Quant aux blessures — légères, j'en conviens — qu'il portait au visage, ils ont pas seulement consenti à les regarder... Ils auraient pu au moins les badigeonner avec un désinfectant quelconque, hein?

— Le fait est...

— Vous voyez, Sir, vous-même, vous en convenez!

— Je vous promets, Mrs Newham que j'enquêterai sur cette affaire et s'il est prouvé que les soins donnés à votre mari ont été négligés, comptez sur moi pour exiger des explications.

*
* *

Ces explications, le Superintendent décida de les réclamer sans plus attendre et se fit conduire à l'hôpital où le service d'urgence avait soigné les blessés de la nuit du Bal des Poissonniers. Orpington ne pouvait tolérer qu'on s'en prît à ses collaborateurs et surtout en raison de leur métier. Il fut aussitôt reçu par le directeur qui fit appeler l'interne de garde au moment des incidents motivant la visite du Super.

L'interne s'étonna des accusations portées par Mrs Newham. Certes, il y avait eu un peu de la confusion dans le service par suite de l'afflux des blessés et du peu de personnel, mais pas un des mal en point n'était parti sans avoir été convenablement pansé. Par hasard, c'était l'interne qui avait soigné l'arcade sourcilière de Michaël et il faillit se mettre en colère pour tout de bon lorsqu'Orpington insinua que ce pansement avait été peut-être fait un peu vite. Le ton monta entre les deux hommes. Le Super, ennuyé, convint qu'il ne mettait en doute ni le savoir-faire ni la conscience professionnelle de son interlocuteur, toutefois... Cette réticence déplut souverainement au médecin qui demanda brutalement :

— Toutefois, quoi?

— Il me semble que vous auriez pu nettoyer les plaies que mon adjoint portait au visage?

— Des plaies?... Mais il n'avait pas de plaies!

— Voyons, c'est sa femme qui m'a dit avoir dû les nettoyer!

— Elle est raide, celle-là!

L'interne s'en fut chercher le livre où étaient inscrits tous les malades recevant des soins au service d'urgence et il montra à Orpington que l'inspecteur Newham avait été traité pour une arcade sourcilière éclatée et qu'il ne présentait aucune autre blessure.

Furieux, le Superintendent retourna chez Mrs Newham pour lui exprimer sa façon de penser quant au rôle stupide qu'il avait joué par sa faute. Mais Janet s'entêta! Son mari avait des blessures au visage, le pansement de l'hôpital était décollé et le Superintendent devait se rappeler que son adjoint portait des bandes de sparadrap sur la figure? Orpington dut en convenir et rentra à son bureau en s'interrogeant sur le sens de ce mic-mac. Aussitôt, il fit appeler l'inspecteur.

— Je reviens du Yard, Newham... On va nous envoyer du monde.

— Ce n'est pas une bonne nouvelle, Monsieur.

— Pour notre amour-propre, j'en conviens, mais quoi ? On ne se déshonore pas à reconnaître que la tâche entreprise dépasse nos forces... Je le regrette surtout pour vous, Michaël, car je sais combien vous auriez été heureux, peut-être, plus de coincer un meurtrier irlandais que de venger une victime irlandaise...

— Je vous demande pardon, Monsieur, mais...

— ... vous ne comprenez pas mon allusion ? Eh bien ! disons que mon ami l'assistant-commissionner Shelley m'a révélé l'origine vraie de la cicatrice que vous portez au visage.

— Ah...

Il y eut un silence, puis Orpington s'enquit doucement :

— C'est pour cela que vous détestez les Irlandais... et les Irlandaises, n'est-ce pas, Michaël ?

— La garce...

Le Superintendent observait l'inspecteur. Une sorte d'angoisse pesait sur ses épaules et lui faisait, brusquement, sentir les fatigues de l'âge.

— Newham... Je suis allé chez votre femme, tantôt...

— Chez ma femme ?

— Elle vous aime beaucoup...

Michaël haussa les épaules.

— ... et parce qu'elle vous aime beaucoup, elle se persuade que vous êtes victime d'injustices de toutes sortes.

— Janet est stupide!

— Par exemple, elle s'est montrée indignée de ce qu'on ait mal soigné votre blessure à l'arcade sourcilière et pas celles que vous portiez sur le visage.

— Mais de quoi se mêle-t-elle, nom d'un chien!

— Je me suis rendu à l'hôpital pour exiger des explications.

— Vous... vous êtes allé à...

— Oui, Michaël et savez-vous ce que j'ai appris? Que vous aviez quitté le service d'urgence parfaitement pansé et sans autre plaie sur la figure. Alors, mon vieux, éclairez un peu ma lanterne : vous sortez des mains de l'interne avec un pansement impeccable et un visage intact. Vous arrivez chez vous avec votre pansement à moitié arraché et des blessures nouvelles...

A ce moment, le standard annonça :

— L'assistant-commissionner Shelley pour le Superintendent Orpington.

— Passez-le moi... Newham, allez m'attendre un instant dans votre bureau, je vous revois tout de suite.

Lorsqu'il eut terminé son entretien avec le Yard, Orpington n'ayant pas trouvé Newham dans la pièce qu'il occupait, fit appeler le sergent.

— Stonoway... où est l'inspecteur?

— Il est parti, Monsieur.

— Quand?

— En vous quittant, Monsieur. Il avait l'air pressé et j'ai cru qu'il y avait du nouveau dans notre affaire.

— Il y en a, Stonoway. Je crois que nous tenons

le meurtrier de Maureen Loughrea et de Miss Barrow.

— Bravo! et qui est-ce, Monsieur?

— L'inspecteur Michaël Newham.

— Quoi!

— Vous m'avez, hélas! entendu, mon pauvre Stonoway... Alors, lancez un avis de recherche général et tâchez, si possible, que la presse ne soit pas avertie... Évitons de salir la police de Sa Majesté.

— A vos ordres, Monsieur.

— Je retourne au Yard. Faites prévenir Brian Shelley que j'arrive.

***

L'assistant-commissionner soupira :

— C'est moche, Dave... Michaël Newham... et pourtant je ne peux pas dire que je sois stupéfait... Je crois qu'il n'a plus été normal depuis la blessure que lui a infligée cette Irlandaise... Vous êtes sûr de ne pas vous tromper, n'est-ce pas?

— Il est en fuite, Brian

— C'est vrai... Qui vous a ouvert les yeux?

— Sa malheureuse femme. Si elle s'en doutait, elle serait capable de se jeter dans la Tamise.

— On veillera à ce qu'elle n'apprenne pas le rôle qu'elle a joué...

— J'ai compris quand l'interne m'a assuré que l'inspecteur avait quitté le service, pansé et le visage net... Comment avait-il, dans le trajet le menant de l'hôpital chez lui, récolté celles qu'il portait en arrivant auprès de son épouse et pourquoi son pansement était-il défait ? Il fallait qu'il ait été victime soit d'un accident, soit d'une agression. Dans les deux cas, il nous eût avertis. Il ne l'a pas fait. Pourquoi ? Parce qu'il lui était impossible de nous parler de sa bataille avec Maureen Loughrea qui, en se défendant, lui avait à moitié arraché son pansement et zébré la figure. Seulement, il avait été vu par Miss Barrow qui avait repéré sa silhouette sans parvenir à se persuader qu'il s'agissait vraiment de lui, tant elle était déconcertée à l'idée qu'un policier pût être un criminel. Elle l'a vu lors de la confrontation et elle a eu peur croyant que son titre lui donnait tout pouvoir. Parce qu'il se tenait sur ses gardes, Newham a deviné qu'elle l'avait reconnu et à la nuit, lorsqu'il a eu disposé ses hommes pour surveiller la maison de Miss Barrow, sous prétexte de se rendre compte si son dispositif était en place, il a pu se glisser chez la vieille fille et supprimer un témoin dangereux. Sans doute n'ai-je point de preuve formelle de ce que j'avance, mais sa fuite est le plus sûr des aveux. En tout cas, il m'a bien donné le change... Quelle ruse ! Quelle fausse sincérité dans la recherche du coupable ! Il nous a tous possédés.

— En êtes-vous certain, Dave ?

— Pardon ?

— Ma conviction, voyez-vous, est que Newham est fou. Sans doute, une lourde hérédité. Le tour que lui a joué sa première femme lui a, littéralement, fait perdre la raison. La haine qu'il lui vouait, il l'a reportée sur toutes les jeunes Irlandaises. Je ne crois pas qu'il ait assassiné Maureen Loughrea pour une question sexuelle, mais plus simplement parce que dans son cerveau malade, elle prenait la place de Deirdre, l'épouse indigne. J'irai plus loin, Dave, en vous disant que j'ai le sentiment que ce malheureux a une mémoire à éclipses. Tantôt il se rappelle et tantôt il ne se rappelle de rien. Peut-être est-il profondément sincère lorsqu'il s'efforce de découvrir l'assassin de la jeune fille qu'il ne se souveint pas d'avoir tuée ? Et à d'autres moments, se remémorant son crime, il est repris par sa vieille fureur et étrangle la malheureuse Miss Barrow, pour lui, complice de celle qui a brisé sa vie. Cet homme vivait entre le réel et l'irréel, franchissant sans cesse une frontière qu'il ignorait. Je ne serais pas étonné qu'il vînt se constituer prisonnier ou que vous le retrouviez chez lui, pleurant aux genoux de son épouse comme un gosse malheureux. On l'enfermera, Dave, et il finira ses jours dans un asile.

— Et tout ça, pour une garce de femme !

— Dave, nous ne sommes plus assez jeunes, vous et moi, pour philosopher là-dessus.

***

Autour de Billingsgate Market, on ne parlait que du signe extraordinaire dont Shan Loughrea avait été favorisé par le Ciel. L'abbé Fitzpatrick avait beau vouloir freiner l'enthousiasme de ses paroissiens, il n'y parvenait pas. Certains même commençaient à lui en vouloir d'un scepticisme ne correspondant pas au caractère irlandais. Dans l'histoire de Shan, la majorité voyait une preuve nouvelle de la place particulière que les habitants de la verte Erin tenaient dans l'affection de l'Éternel.

Mais le plus étrange de l'affaire était que les non-catholiques se voulaient des supporters de Loughrea aussi ardents que ses compatriotes. Si miracle il y avait eu — pensaient le curé et le pasteur — il résidait surtout dans cette soudaine compréhension qui unissait Irlandais, Anglais, Écossais et Gallois et donnait au quartier, durant le week-end, un calme inhabituel. Fait prodigieux : Reginald Banbury du *Casque et la Rose* et Liam Ballenagh de *L'Éléphant et les Bretelles* qui ne s'adressaient plus la parole depuis seize ans, s'étaient serré la main et demandé des nouvelles de leurs santés respectives. Maintenant, n'importe qui se rendait dans l'un des deux pubs, mais comme l'on tenait à ne jamais humilier l'un des propriétaires en buvant un verre de plus chez l'un que chez l'autre, on veillait à se montrer équitable, c'est-à-dire qu'on se saoulait encore un peu plus que par le passé.

L'heure de la fermeture allait sonner au *Casque et la Rose* où Shan et Gregor, après avoir bu longuement à *L'Éléphant et les Bretelles* étaient venus s'achever chez Banbury. Depuis qu'ils avaient décidé de marier leurs enfants, les deux hommes ne se quittaient plus tandis qu'en secret, Molly et Mona se voyaient presque chaque jour pour échanger des confidences quant aux méthodes destinées à mettre leurs époux à la raison, du moins dans leurs foyers.

Dyce et Loughrea (dont la tempérance subite n'avait pu résister longtemps à toutes les sollicitations) complètement ronds, s'obstinaient à boire, par souci de justice, en portant des toasts successifs à la santé de leurs futurs petits-enfants dont le nombre, augmentant de verre en verre, atteignait des proportions bibliques. Brusquement, Banbury cria :

— Gentlemen, c'est l'heure!

Les clients sortirent docilement. Seuls, l'Écossais et l'Irlandais, ayant découvert la possibilité d'un autre petit-fils sur le prénom duquel ils ne réussissaient pas à se mettre d'accord réclamèrent un délai de grâce qu'ils n'obtinrent pas. Alors ils réunirent ce qui leur restait d'argent pour acheter une bouteille qu'ils se proposaient de boire ensemble sur les quais dans l'espoir de trouver la force de résoudre leur problème. Reginald les poussa dehors en leur conseillant amicalement de prendre garde à ne pas se flanquer dans la Tamise. Les deux ivrognes s'éloignèrent en assurant qu'il les décevait par son manque absolu du sens de la famille.

Les deux amis s'installèrent sur le quai du fleuve et reprirent leur discussion dans le silence de la ville qui s'endormait. Ils parvenaient d'autant moins à se convaincre qu'ils devenaient, peu à peu, aussi incapables de s'exprimer que de comprendre ce que l'interlocuteur essayait de dire. Brusquement l'Irlandais posa son bras sur la cuisse de son compagnon.

— Gregor... chère vieille chose... vous entendez rien ?

— J'entends la Tamise qui m'a tout l'air de chuchoter je ne sais pas trop quoi.

— Non, Gregor... J'entends des sanglots... Quelqu'un a du chagrin, pas loin de nous... Gregor, mon vieux frère, l'Éternel nous interdit de laisser un être humain dans la détresse si nous pouvons l'aider... L'amour du prochain, Gregor, n'oubliez pas ! L'amour du prochain.

S'aidant l'un l'autre, ils parvinrent à se remettre debout et se dirigèrent en chaloupant vers l'endroit d'où leur paraissait venir le bruit insolite. Dyce tenait à la main la bouteille de whisky sérieusement entamée.

Les deux copains ne tardèrent pas à découvrir un homme, assis sur une bille de bois. Son chapeau était tombé à terre. Shan n'eut aucun mal à le reconnaître.

— Gregor, est-ce que vous voyez ce que je vois ?

— Ouais... c'est cette saloperie de Newham !

— Attention, Gregor ! La charité chrétienne ! Perdez-la pas de vue la charité chrétienne, hein ? Alors, Mr Newham, qu'est-ce qu'il y a qui ne va pas ?

— Ils me cherchent !

— Qui ça ?

— Les flics...

Éberlué par cette réponse vraiment inattendue de la part d'un inspecteur de police, Shan déclara à son complice :

— Faut reconnaître, Gregor, qu'il en tient une carabinée! Et pourquoi qu'ils vous cherchent les flics, mon vieux?

— Parce que c'est moi qu'ai étranglé la petite Irlandaise et la vieille guenon...

Le bruit fait par le courant de la Tamise parut soudain emplir toute la nuit. La stupéfiante nouvelle dégrisait d'un coup Loughrea et Dyce. L'Irlandais demanda :

— Voulez-vous dire, Mr Newham, que c'est vous le meurtrier de Maureen?

— Pourquoi me trompait-elle, hein? Je lui donnais tout mon argent, elle ne pouvait quand même pas se plaindre, il me semble? Et pendant que je faisais mon boulot, cette garce se payait du bon temps avec le boucher de la rue! Le boucher, vous vous rendez compte?

Gregor chuchota à Shan :

— Il débloque ou quoi? Votre fille a jamais fréquenté de boucher que je sache?

Michaël poursuivait :

— Ce matin-là, si le Super ne m'avait pas appris que l'opération qu'on devait entreprendre, était remise, je ne serais pas rentré chez moi et j'aurais pas trouvé ma femme en train de faire griller du bacon et des œufs pour son amant! J'ai voulu casser la gueule du type et Deirdre m'a flanqué tout le contenu de la poële à la figure! Aussi, quand je l'ai vue l'autre soir, embrassant son type qui la quittait sur le seuil de notre maison, je l'ai rejointe et je l'ai secouée. Mais au lieu de s'excuser, elle m'a griffé le visage, arraché mon pansement! Alors, je lui ai serré le cou jusqu'à ce qu'elle reste tranquille. J'espère qu'elle comprendra...

Gregor soupira :

— Elle aura de la chance, parce que moi, j'y comprends rien du tout...

Shan réclama des précisions :

— Vous êtes sûr qu'on vous recherche?

— Et comment! Le Super a tout deviné... C'est pour ça que je me suis sauvé... Et Janet que dira-t-elle quand elle saura que son mari est un meurtrier?

Dyce tira son ami à l'écart.

— Il est complètement déboussolé! C'est bien votre avis?

— Sans doute, mais il a assassiné ma fille et la pauvre Miss Barrow, même s'il a cru, en les étranglant, en étrangler une autre... car c'est ça, n'est-ce pas, Gregor?

— Je crois, oui.

— Alors, je vais le tuer.

— Laissez l'Éternel juge de son destin, Shan!

— Pas possible! J'ai juré que je tuerai, de mes propres mains, le meurtrier de ma fille!

— Des serments de cette sorte, vous ne serez pas

déshonoré de pas les tenir... Laissez-moi lui parler.

L'Écossais s'approcha du policier.

— Vous vous rendez-compte à quel point c'est moche ce que vous avez fait?

Newham se leva.

— Oui... Croyez-vous que Dieu me pardonnera?

— Faut aller le lui demander, mon vieux.

— Par où?

— Par là...

Le bras tendu de l'Écossais montrait le fleuve. Michaël était trop ivre pour y prendre garde. Il partit dans la direction indiquée et presque tout de suite, on entendit le plouf! de sa chute dans l'eau. Dyce et Loughrea gagnèrent le bord. Ils ne virent que des ronds concentriques que la lumière d'un lampadaire permettait de deviner. Gregor dit :

— ... Il ne remontera pas...

— Requiescat in pace...

L'Écossais lança dans le fleuve le chapeau de Newham qui partit dans le courant. Les deux hommes s'éloignaient lorsque Shan Loughrea revint sur ses pas et jeta la bouteille de whisky à moitié pleine dans la Tamise. Pour calmer l'indignation de son copain, il expliqua :

— Il a un rude voyage à faire... Ça l'aidera.

FIN